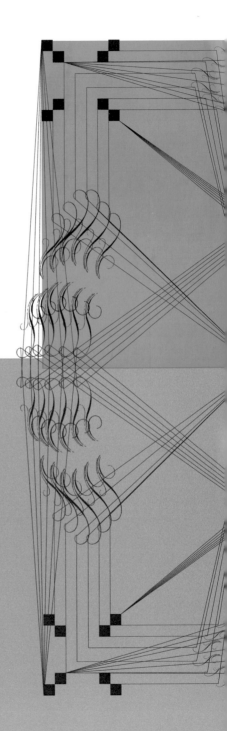

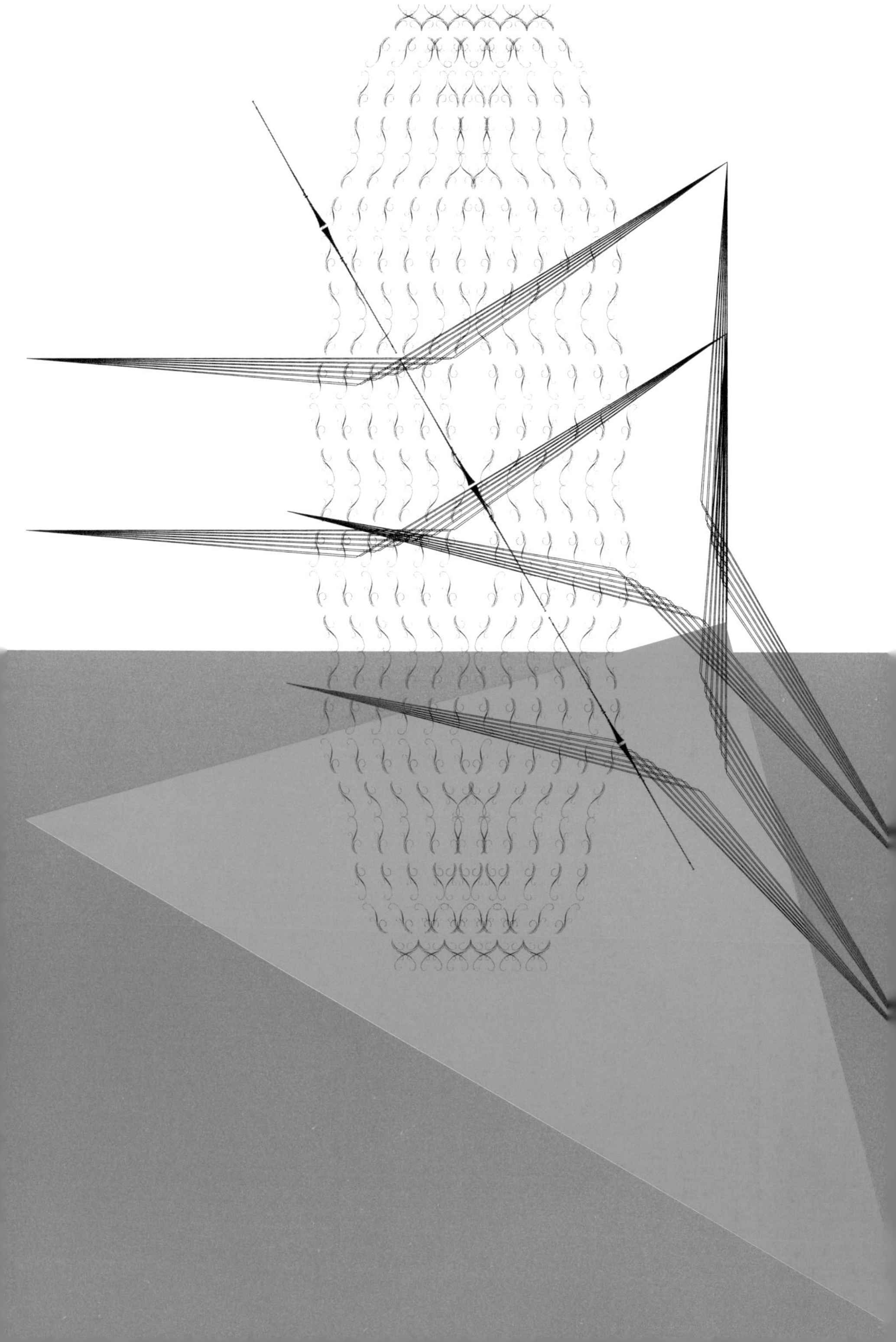

А. С. ПУШКИН: ПОВЕСТИ И РОМАНЫ

КАПИТАНСКАЯ ДОЧКА

普希金小說集　A. C. ПУШКИН: ПОВЕСТИ И РОМАНЫ

1836

上尉的女兒　КАПИТАНСКАЯ ДОЧКА

俄　亞歷山大·普希金　著

宋雲森 譯

啟明出版

目錄

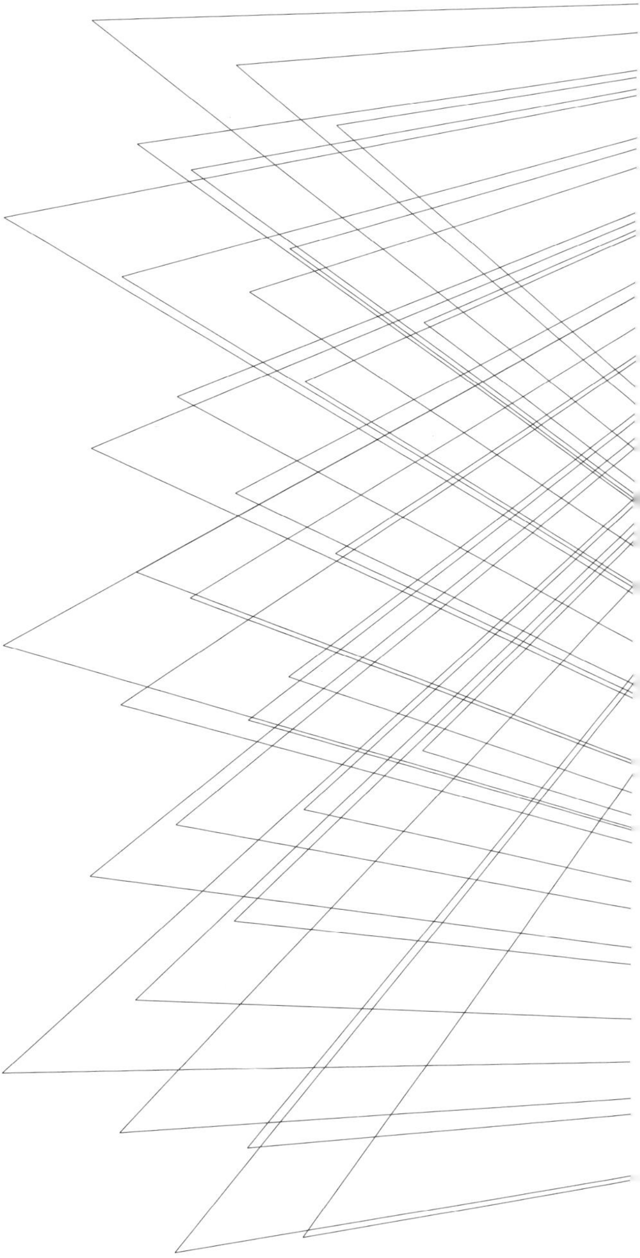

上尉的女兒

愛惜榮譽應趁年少。

——俄國諺語

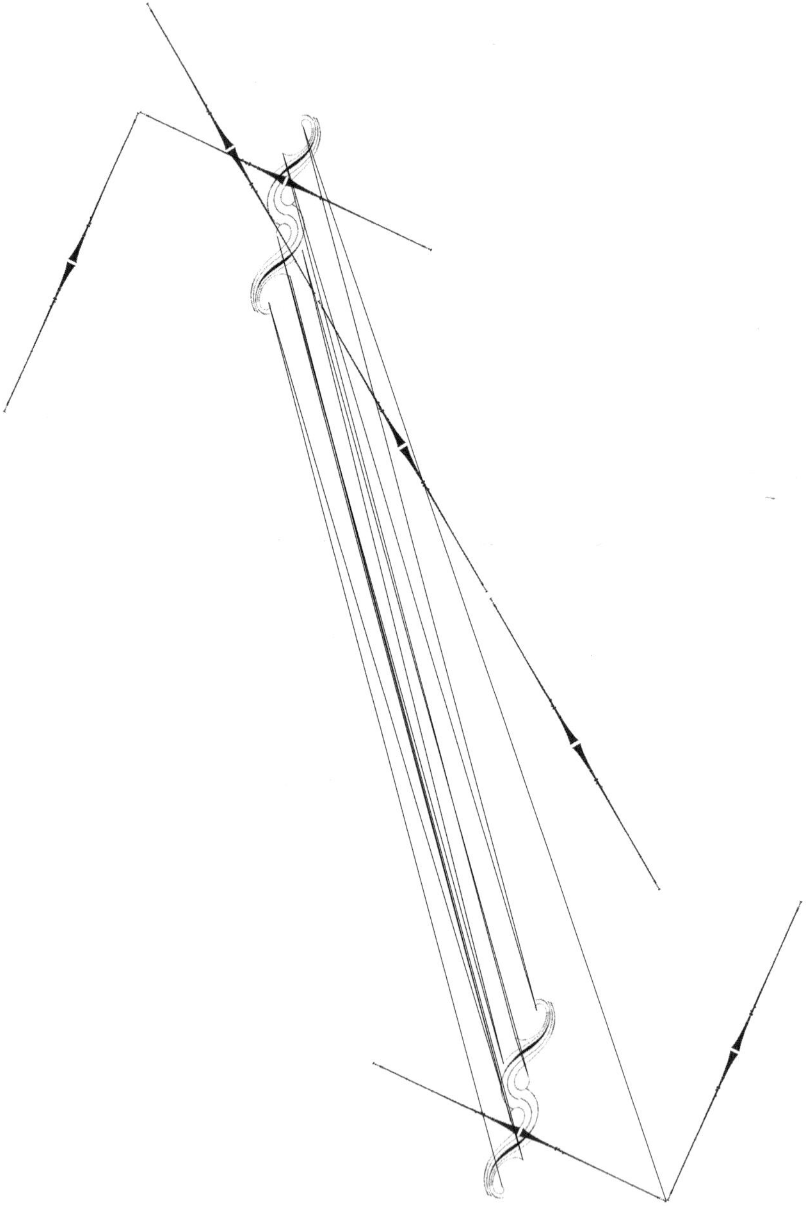

第一章
禁軍中士

——他要是進了禁衛軍，明天就是上尉。

——那倒不必；還是讓他下部隊吧。

——說的是！就讓他磨練磨練……

…………

不過，他的父親究竟是何許人？

——克尼亞日寧[1]

家父，安得烈．彼得羅維奇．格里尼約夫，年輕時服役於米尼赫伯爵麾下[2]，於一七某某年以一級少校銜退役。從那時起，他就在自己的辛比爾斯克村住下，娶了當地一個窮貴族的閨女為妻，她叫阿芙朵季婭．瓦西里芙娜．尤。我們家中有九個小孩，但我的兄弟姊妹都於襁褓時夭折。

承蒙我們家的近親——禁衛軍少校B公爵的關照，我還在娘胎時，就以中士身分，編入謝苗諾夫兵團[3]。萬一母親生下的是女兒，父親只要告知主管單位，這位其實從未出生的中士已經死亡，那就行了。在完成學業之前，我都算是休假當中[4]。那時我們受的教育不同於現在。打從五歲起，我就給託付到馬夫薩維里奇的手中，就因為他不喝酒，就讓他照料我。在他看管之下，十二歲時，我學會讀書寫字，並且能夠精準地判斷每隻伯爾扎亞犬的特徵。這時父親為我聘雇了一位法國先生——鮑普勒，他是從莫斯科聘請，跟著將要食用一年的葡萄酒與橄欖油一道而來。他的到來讓薩維里奇大感不快。「感謝上帝，」他嘀咕道，「看起來，這孩子梳洗吃飯，都有人照料。哪用白花錢請個法國佬，好像自家都沒人了！」

鮑普勒在自己國內是個理髮師，後來在普魯士當過兵，然後就來到俄羅斯 pour être outchitel[5]，雖然他還不大明白這個詞是怎麼一回事。他是善良的小伙子，不過卻極度輕浮放蕩。

他最大的弱點就是好色；他常常自作多情，而讓人家轟走，為此他就連日唉聲歎氣。此外，（按他的說法）他不和酒瓶作對，也就是（按俄國人說法）愛多喝幾杯。不過我們家裡通常只有在午餐時才端上葡萄酒，而且是每人一杯，斟酒時還常常把教師遺漏，如此一來，我這位鮑普勒很快就習慣了俄國的水果酒，甚至對它的喜愛更甚於自己祖國的葡萄酒，因為俄國水果酒對胃是好得不得了。我跟他很快就混熟了，雖然按合約他應該用法文與德文，教我所有學科，不過他寧可隨意地跟我學學俄語，用俄語胡亂地東扯西扯，——然後，便各幹各的事情。

1 克尼亞日寧（Я. Б. Княжнин, 1742–1791），十八世紀俄國著名劇作家。上文引自他的喜劇《吹牛大王》（Хвастун, 1786）。

2 米尼赫（Бурхард Кристоф Миних, 1683–1767），伯爵，原出生於今德國奧爾登堡，後遷居俄國，為俄國著名軍事和國務活動家，曾任陸軍元帥，但在伊莉莎白女皇（一七〇九——一七六二）於一七四一年即位後遭流放，直至一七六二年伊莉莎白女皇逝世，才恢復自由與地位。

3 謝苗諾夫軍團（Семёновский полк）是俄國沙皇轄下一支具特殊地位、特殊權利的部隊，是於一六八三年由彼得大帝（一六七二——一七二五）於謝苗諾夫村（село Семёновское）設立。少年時的彼得大帝喜歡軍事遊戲，將他的玩伴組織成兩支少年軍團，謝苗諾夫軍團即其中之一。彼得雖於一六八二年立為沙皇，實際卻由他的異母姊姊索菲亞攝政。一六八九年，彼得帶領他的少年軍團推翻索菲亞，掌控政權。後來，謝苗諾夫軍團也成為皇室禁衛部隊。

4 俄羅斯政府於一七一四年頒布命令，規定未曾服役部隊擔任過士兵的青年，不得晉升軍官。於是，有的貴族家庭為規避這項規定，運用各種關係，讓自己的子弟在成年之前，不用離家就已經登記在部隊之中。

5 法文，表示「當教師」。

我們過得水乳交融。我無法期望有更好的教師了。不過，很快地命運就把我們分開了，事情是這樣的：

帕菈什卡，一個長得胖胖的、一臉麻子的洗衣女工，以及阿庫莉卡，一個獨眼的養牛女工，兩人不知怎地竟然說好同時跪倒在我母親腳下，一面自責自己心志不堅，一面哭哭啼啼地控訴這位法國先生如何利用她們的年輕無知勾引她們。母親認為這檔子事非同小可，便向父親告狀。父親隨即進行查處。他馬上要把這位法國騙子叫來，僕人告訴他，法國先生正在給我上課。父親便往我房間而來。這時鮑普勒正在床上呼呼大睡，我也在忙著自己的活。可要知道，人家為我從莫斯科訂購了一張地圖，一直掛在牆壁，一點用處也沒有。地圖又大，質地又好，對我早就是一種誘惑。我打定主意要用它做成一個風箏，於是趁著鮑普勒呼呼大睡，我便動手了。父親進門之際，我正於好望角安裝一條椴樹韌皮尾巴。看到我所做的地理功課，父親一把揪住我的耳朵，然後直奔鮑普勒而去，毫不客氣地把他叫醒，接著便是鋪天蓋地一頓痛罵。鮑普勒一陣慌亂，想爬卻爬不起來，這個倒楣的法國佬爛醉得像死人。管他新帳、舊帳，反正總帳一次算。父親抓住他的衣領，把他從床上拉起，推出門外，當天就把他攆出家門，對此，薩維里奇的高興自然不在話下。而我的受教生涯也就此結束。

我便過著無所事事的少年生活，追追鴿子，跟家僕的男孩們玩玩跳駱駝。這樣我就來到了十六歲。這時我的命運發生大轉變。

一個秋天的日子，母親在客廳熬煮蜂蜜果醬，我則舔舔嘴唇，瞧著沸騰的泡沫。父親在窗前閱讀每年都會收到的《宮廷年鑑》[6]。這本書總是讓他反應激烈，他讀之再三從來都無法心平氣和，老是大動肝火，令人嘖嘖稱奇。母親已經摸透他的習性，常常儘可能把這倒楣的書本藏得遠遠的，如此一來，這本《宮廷年鑑》有時一連好幾個月都不曾落入他的眼裡。可是，一旦偶然讓他發現，他常常是好幾個小時卷不離手。就這樣子，父親讀著《宮廷年鑑》，偶爾聳聳肩膀，還輕聲地喃喃有詞：「陸軍中將啦！……想當年，他在我連裡還是中士呢！……還得過兩枚俄羅斯勳章哩！……才多久前我們還……」終於，他把年鑑扔到沙發上，陷入沉思，這可不是什麼好兆頭。

突然，他轉身向母親說道：「阿芙朵季婭．瓦西里芙娜，彼得這孩子幾歲啦？」

「喔，虛歲十七啦，」母親答道，「小彼得出生那年，娜斯塔霞．蓋菈西莫芙娜姑姑瞎

6 《宮廷年鑑》（Придворный календарь）是當時俄羅斯宮廷每年都出版的曆書或年報，上面除了提供宮廷行事曆外，還刊載政府高級文武官員、俄國各類勳章獲得者名單，以及宮廷接見國內外貴賓的記錄等。

了一隻眼睛，那時還……」

「行了，」父親打岔，「該讓他到部隊去啦。天天在丫頭們的房裡溜來溜去，在鴿子窩裡爬來爬去，也該玩夠啦。」

一想到我馬上就要離她而去，母親大為震驚，一時失手把勺子掉落鍋裡，淚水順著兩頰滂滂而下。我卻相反，內心的雀躍筆墨難以形容。我一想到投身軍旅，就想到逍遙自在的日子，以及彼得堡愜意的生活。我想像自己是禁衛軍軍官，在自己心目中，這簡直是人類天大的樂趣。

一旦心意已決，父親就不喜歡改變，也不喜歡拖延。我出發的日子就此確定。出門前一天，父親表示要寫一封信，讓我帶給未來的長官，便吩咐備妥紙筆。

「可別忘了，安得烈·彼得羅維奇，」母親說，「也代我向B公爵問候一聲。就說，我希望，他能多多關照我們家的彼得。」

「胡說什麼！」父親皺皺眉頭，答道，「我幹嘛要給B公爵寫信？」

「你不是說，要給彼得的長官寫信？」

「是啊，那又如何？」

「那彼得的長官就是B公爵嘛。彼得本來就登記在謝苗諾夫兵團啊。」

「登記是登記了。我哪在乎他登記不登記?我們彼得不去彼得堡。在彼得堡服役,能學會什麼?就是成天揮霍、無所事事。不行,還是讓他下部隊,幹幹苦差事,聞聞火藥味,才能成為真正的軍人,而不是遊手好閒的人。還登記在禁衛軍呢!他的證件在哪兒?給我拿來。」

我的證件跟我受洗時穿著的襯衫一起保存在錦匣裡,母親把它找了出來,遞給父親,一手還不住打顫。父親仔仔細細看過一遍,把它放在桌前,便提筆寫信。

我不禁大感好奇,但心裡也是七上八下的:要是不去彼得堡,那又要我去哪兒?我目不轉睛地注視著老爸手中的筆,筆很緩慢地爬動著。終於,他大功告成,把信和我的證件密封在一個紙袋中,摘下眼鏡,把我叫到跟前,說道:「你把這封信帶給安得烈.卡爾洛維奇.R,他是我的老同事,也是老友。你到奧倫堡去,就在他麾下當差吧。」

就這樣,我所有美麗憧憬便轉眼成空!等待我的不是快活的彼得堡生活,而是發配杳無人煙、路途遙遠的邊區,過起寂寞乏味的衛戍生涯。一分鐘之前我還興高采烈地幻想著的軍旅生活,剎那間化為天大的災難。但是也沒什麼好爭辯的了。次日早晨,一輛帶篷的旅行馬車拉到門口臺階前;馬車上放進行旅箱、裝有茶具的食品箱,以及一包包的白麵包與大餡餅,這標誌著家人最後一次的疼愛。雙親為我祝福。父親對我說道:「再見了,彼得。你向誰宣誓，就為誰竭誠效忠；服從長官，卻不必逢迎拍馬；對任何職務不用強求，也不用推諉；記住一句老話：愛惜衣服應趁新，愛惜榮譽應趁小。」母親淚眼漣漣，對我一再叮嚀好好照顧身體，也叮嚀薩維里奇把孩子照顧好。他們為我穿上兔皮襖，上面再加上狐皮大衣。我和薩維里奇登上馬車，在滿面淚水中動身而去。

當天夜裡，我們來到辛比爾斯克城，得在這兒停留一晝夜，採買必要物品，這任務就交代給薩維里奇。我們投宿在一家小客棧。薩維里奇一大早就出門購物。從窗口看那條骯髒的巷弄也看得夠厭煩，我便到各個房間逛逛。一走進彈子房，就看到一位高個的先生，年約三十五，長長的黑鬍子，穿著長袍，手握球桿，嘴叼煙斗。他正和計分員打撞球，計分員只要打贏，就可以喝一杯伏特加，打輸了，就得從撞球臺下爬過去。我開始看他們打球。他們玩得越久，計分員爬在地上的次數就越多，直到最後他在球臺下爬不動才作罷。那位先生像致悼詞般對他挖苦幾句，便邀請我跟他玩一局。我因為不會打，便謝絕了。看樣子，這對他是很奇怪的事情。他似乎一副惋惜的樣子，看了看我；不過，我們就聊了起來。我得知，他叫伊凡．伊凡諾維奇．祖林，是驃騎兵團的一名上尉，正在辛比爾斯克招募新兵，目前下榻在一家小旅店。祖林邀請我和他吃頓飯，並按軍人習慣，有什麼吃什麼。我欣然答應。

我們便坐下吃飯。祖林喝了很多酒，也要我多喝，說是應該適應軍隊生活。他告訴我不少軍中趣事，讓我笑得前仰後合，當我們從餐桌站起時，已經成為好朋友了。這時候他自告奮勇要教我打撞球。「這對我們當兵的弟兄來說，是必修的功課。」他說道，「比方說吧，部隊行軍到什麼小地方，你有什麼事好幹？要知道，又不是隨時有猶太佬可揍。你就情不自主到小旅店，開始打起撞球。所以說，必須學會打撞球！」我完全被說動了，於是很起勁地學了起來。祖林大聲為我加油，對我進步神速也大表驚奇，於是在給我上了幾堂課後，便提議賭錢，每局只要一個格羅什[7]，不是為了贏錢，而是為了不要白打一場，按他所說，這是最壞的習慣。我也同意了，於是祖林要人端上潘趣酒[8]，並勸我嚐嚐，他一再說，我應該習慣部隊生活，不喝潘趣酒，這算哪門子的當兵！我對他是言聽計從。於是我們繼續打球。我舉杯喝酒的次數越多，膽子也就越大。我的母球老是飛出球檯，我打得火氣都上來，咒罵計分員幾句，天曉得他是怎麼計分的，我不斷加碼，總之一句，我的所作所為就像沒人管教的孩子。於是時

—

7 格羅什（грош），銅幣，舊俄貨幣單位，一六五七——一八三八年間，等於二戈比；一八三八——一九一七年間，等於半戈比。一百戈比等於一盧布。

8 一種酒、糖、果汁、香料混合的飲料。

間在不知不覺中流逝。祖林看了看錶，放下球桿，對我說道，我輸了一百盧布。這讓我有些心慌。我的錢都在薩維里奇身上。我表示抱歉。祖林打斷我說話：「得了！你也不用急。我可以等，現在我們去阿林努什卡那兒。」

那就悉聽尊便了！這一天我從頭到尾都是糊裡糊塗的。我們在阿林努什卡那兒用了晚餐。祖林不時給我斟酒，一再地說，應該適應軍旅生活。從餐桌起身時，我站都站不穩；半夜，祖林用車把我送回旅店。

薩維里奇在門口臺階迎接我們。我這副熱衷軍務的模樣一覽無疑，他看得不禁唉聲嘆氣。「少爺，這是怎麼搞的？」他說道，一副可憐兮兮的聲音，「你是在哪兒醉成這樣子？哎呀，我的老天！打從出生以來可沒犯過這樣的罪過！」「閉嘴，你這老賊！」我結結巴巴地回答，「你，大概，喝醉了，睡覺去吧……扶我上床。」

翌日，我醒來，頭痛欲裂，模模糊糊中想起昨天的事情。薩維里奇端茶進來，打斷我的思緒。「還太早吧，彼得，」他搖著頭對我說，「你現在就花天酒地，未免太早吧。你這是像誰來著？你父親、你爺爺都不是酒鬼，你母親更不用說了。她除了克瓦思[9]，從來都是滴酒不沾的。這一切該怪誰呢？都怪那該死的法國先生。他三天兩頭就往安季耶芙娜那兒跑：『夫人，熱・烏・普里[10]，伏特加酒啦。』這就是你的熱・烏・普里！不用說，都是他教你的好事，這狗娘養的。作啥請個異教徒來照料孩子，好像老爺家裡自己人都沒啦！」

我覺得慚愧，轉過臉去，對他說道：「你去吧，薩維里奇，我不要茶。」可是，薩維里奇一旦說起大道理來，要他打住可不容易。「你瞧，彼得，喝醉酒有啥好處。又是頭疼，又是倒胃口。人一喝上酒，那可是一事無成……你就喝點醃黃瓜汁，加點蜂蜜，還是最好喝點藥酒[11]來醒醒酒吧。你說如何？」

這當兒，一個男孩走了進來，遞給我一張便條，是祖林寫的。我打開便條，讀到內文如下：

親愛的彼得，請將昨天你輸給我的一百盧布交給我的小廝。我急需錢用。

隨時為您效勞

伊凡・祖林

---

9 克瓦思（квас），俄國傳統飲料，用黑麥麵包或黑麥粉和麥芽等製成，口味微酸、清涼。

10 熱・烏・普里（же ву при）是老僕薩維里奇模仿法國教師講法文，卻滿口俄國腔，意思是「請你」、「拜託你」。

11 藥酒（настойка），是將漿果、水果、草藥浸泡於酒中，製造而成。

沒有辦法。我裝得一副若無其事，轉身面對薩維里奇，因為我的錢財、衣物，以及種種雜務，都是由他負責打理，我吩咐他交給小廝一百盧布。「怎地！作啥？」薩維里奇問道，一臉錯愕。「我欠他的。」我答道，儘可能一副淡漠的樣子。「欠他的！」薩維里奇越發錯愕，不禁表示異議，「少爺，你啥時欠他債啦？這事有點不對頭。隨你便，少爺，錢我可不拿出來。」

我心中暗想，在這緊要關頭我要是搞不定這倔老頭，往後要擺脫他的管束，那可難了，於是我傲然瞄他一眼，說道：「我是你的主子，你是我的下人。錢是我的。我輸了錢，因為我高興這樣。我勸你就不要自作主張，叫你怎麼辦，你就怎麼辦。」

薩維里奇對我的話大感震驚，雙手一拍，愣在那兒。「你幹嘛杵在那兒！」我怒喝道。薩維里奇哭了起來。「彼得少爺，」他顫聲說道，「別讓我傷心難過。親愛的，聽我這個老頭子的話：寫個字條給那土匪，說你是鬧著玩的，我們沒有這樣一筆錢。一百盧布呀！我的上帝，你也行行好！說父母嚴格禁止你賭錢，除非是賭賭核桃……」「別瞎說了！」我厲聲喝止，「把錢拿出來吧，否則我掐著脖子把你轟出去。」

薩維里奇看了我一眼，神情沉痛，就去拿錢為我還債。我對這可憐的老頭感到抱歉。但是我要展翅高飛，我要證明，我已經不是個小孩。債款送交祖林。薩維里奇急著帶我離開這家可惡的客棧。他前來告知，馬匹備妥。我一路良心不安，充滿無言的懊悔，離開了辛比爾斯克城，不向我那位老師道別，也不希望何時何日與他再見面。

第二章

帶路之人

我在他鄉，可愛的他鄉，
卻又陌生的他鄉！
不是我自動送上門來，
也不是良駒送我而來，
帶我這年少兒郎來
是滿腔豪情與勇氣，
還有那
酒館裡的美酒。

——古歌

一路東想西想，我是滿腹不快。我輸的錢，按當時價值計算，可不是小數目。我內心不能不承認，自己在辛比爾斯克客棧的作為很是愚蠢，自覺對不起薩維里奇。這一切讓我懊惱不已。老頭兒坐在馭座，悶悶不樂，頭扭向一旁，默不作聲，偶爾只是發出幾聲乾咳。我很想跟他和解，卻不知從何說起。終於我對他說話了：「得了，得了，薩維里奇！夠了，我們和好吧，是我不對。我自個兒明白，都是我不對。我昨天太任性了，沒來由的讓你受委屈了。我答應今後做人做事會放聰明點，一定會聽你的。好啦，別生氣，我們和好吧。」

「唉，彼得，我的少爺！」他答道，深深一聲嘆息，「我氣的是自己，全都是我不對。我怎能把你一個人丟在旅店裡！怎麼搞的？真是鬼迷心竅，一時興起到教堂執事的太太那兒去，看看這位老教親。常言道：探望女教親，便把大牢蹲。晦氣啊，晦氣！……我怎麼去見老爺和夫人哪！他們要是知道兒子喝酒賭錢，會說啥呢？」

為了讓可憐的薩維里奇高興，我答應他，往後未經他同意，我不花一文錢。慢慢地他情緒穩定下來，雖然偶爾還會搖搖頭，嘀咕幾句：「一百盧布呀！可不是小事啊！」

我們快到目的地。四周是綿延無盡的淒涼荒原，山丘交錯，溝渠縱橫。一切覆蓋在雪中。夕陽西下。馬車沿著一條狹路走著，或者，更確切地說，跟著農家雪橇留下的軌跡前進。突然，車夫往一旁瞧了瞧，最後，摘下帽子，轉身向我說道：

「少爺，我們是不是該轉頭回去？」

「為什麼？」

「這天氣靠不住，開始有點起風了，瞧，剛下的雪都被刮起來啦。」

「這有什麼大不了的！」

「那你瞧瞧那兒是啥？」（車夫用馬鞭指著東方。）

「我什麼也沒看見，除了白茫茫的原野，以及晴朗朗的天空。」

「那兒，你瞧，那兒，有一小片雲。」

我見到天際確實有一小片白雲，乍看之下我還把它當作遠處的小山丘。車夫向我解釋，那片白雲就是暴風雪的前兆。

我對當地的暴風雪已有所聞，知道暴風雪可以把一輛輛的車隊淹沒。薩維里奇贊同車夫的意見，也建議回頭。但我覺得風勢並沒多大，又希望提前抵達下一站，便吩咐加緊趕路。

車夫於是揮鞭急奔，卻不時注視著東方。幾匹馬奔馳著，步伐一致。這時風勢越刮越大。那小片白雲也轉為灰白的濃濃雲層，沉甸甸地上升，越來越大，漸漸便籠罩著天空。先是下起小片雪花——忽然，鵝毛般的雪片便簌簌而下。狂風怒吼，暴雪交加。轉瞬間漆黑一片的天空與排山倒海的大雪融為一體。天地一切都在眼前消失。「哎呀，少爺，」車夫驚呼，「糟糕，暴風雪來啦！」……

我從馬車裡往外瞧：只見天昏地暗，風雪飛舞。那風嘶吼，兇猛得活像野獸；那雪厚厚地灑在我跟薩維里奇身上；馬兒舉步維艱——不一會兒，便止步不前。「你怎麼不走了？」我焦急地問車夫。「怎麼走？」車夫答道，跳下馭座，「不知往哪兒走。沒有路，四下又是天昏地暗。」我才要罵他，薩維里奇卻為他說話了。「你作啥不聽人勸，」他忿忿說道，「本該回客棧，喝喝茶，然後一覺到天明，風雪就過去了，我們便可以再上路。我們急啥？又不是趕著喝喜酒！」薩維里奇說的沒錯。但也沒辦法了。大雪拚命地下，馬車四周的雪越積越高。馬兒都佇立著，垂頭喪氣，偶爾打一下冷顫。車夫在周圍踱來踱去，閒來無事，偶爾整理整理馬具。薩維里奇不住嘟囔；我則極目四望，哪怕能看到一點點人家或道路的跡象也好，但什麼也看不到，除了混混沌沌、漫天飛舞的風雪……突然，我見到什麼東西黑壓壓的。「喂，趕車的！」我叫起來，「瞧，那兒黑壓壓的是什麼？」車夫凝神張望。「天知道，少爺，」他說著，坐上馭座，「車不像車，樹不像樹，好像還在移動呢。想必，要麼是狼，要麼是人。」

我吩咐往那不明目標直奔而去，那目標隨即也朝我們直奔而來。兩分鐘後，一個人便來到我們跟前。

「喂，這位好心人！」車夫對他喊道，「你知道，馬路在哪兒？」

「馬路就在這兒；我站的地方就是腳踏實地的馬路，」路人答道，「可這有什麼用？」

「喂，老鄉，」我對他說，「這地頭你熟嗎？你能不能帶我去找個地方過夜？」

「這地頭我很熟，」路人回答，「我是走透透啦。不過，倒瞧瞧，這種天氣啊，很容易走丟的。最好在這兒等等，或許風雪很快平息，等天空開朗，那我們就可以認星星找路啦。」

他言談從容冷靜，讓我精神大振。我心意已定，就聽天由命，準備在荒郊野外過夜，突然，這時路人矯捷地登上馭座，並對車夫說：「嘿，感謝上帝，不遠處有人家。往右拐，走吧。」

「為啥我該往右走？」車夫問道，語帶不滿。「你看哪兒有路？想是，馬兒不是你的，馬套也不是你的，就拼命趕路。」車夫的話我覺得有道理。「說真的，」我說，「你怎知道不遠處有人家？」「因為風從那兒吹來，」路人回答，「我聞到煙味，可見，村子不遠了。」他機智過人，嗅覺敏銳，讓我大感驚奇。我要車夫上路。馬兒在深深的積雪中吃力地邁步前進。馬車慢慢移動，一下子撞進雪堆，一下子陷入山溝，一下子左翻，一下子右倒，宛如小船行駛在狂風暴雨的大海。薩維里奇叫苦不迭，不住往我身子撞。我放下車篷，裹緊大衣；風雪高歌長嘯，馬車顛顛簸簸，緩緩前行，讓我昏昏欲睡，打起盹來。

我做了個夢，這個夢讓我永難忘懷，時至今日我拿生命中的奇遇跟這個夢尋思比對時，總覺得這個夢預示著日後諸多事情。各位看官對我一定能諒解，想必，憑各位的閱歷也知道，一個人對怪力亂神再如何嗤之以鼻，也難免有迷信的時候。

我當時的感覺與精神處於這種狀態：現實讓位給幻覺，在乍然入夢的渾沌中，現實與幻覺交織成一片。我的感覺是：暴風雪猖狂不已，我們始終在漫天風雪的荒原中尋尋覓覓……突然，我看到大門，馬車便進入我家莊園的庭院。我第一個念頭是，擔心父親會因為我突然返家而大發雷霆，會以為我是存心違抗父命。我忐忑不安地跳下馬車，便看到母親在門口臺階迎接著我，神情卻一副哀傷欲絕。「輕聲點，」她對我說，「父親病重，離去不遠，想跟你道別。」我大為驚駭，跟在她後頭往臥室走去。我看到，室內燈光微弱，床邊站立著幾個人，都是一臉哀戚。我輕聲走到床前，母親輕輕掀起帳子，說道：「安得烈．彼得羅維奇，彼得來了。他獲知你生病就回來了。你給他祝福吧。」我跪了下來，雙眼投向病人。怎麼啦？……我看到的竟然不是父親，床上躺著一個莊稼漢，長著黑鬍子，這漢子正以快活的神情對我瞧了瞧。我大惑不解，朝母親轉過頭去，對她說道：「這是怎麼一回事？這不是父親啊。我幹嘛要這個莊稼漢為我祝福？」「無所謂啦，親愛的彼得，」母親回答我，「這是你的父親代理人[1]，親吻他的手吧。讓他為你祝福……」我不答應。於是那漢子從床上一躍而起，由背後抽出一把斧頭，四下揮舞。我要逃跑……卻跑不了；房裡堆滿死屍，我在屍堆中跌跌撞撞，在血泊中踉踉蹌蹌……那面目猙獰的漢子親熱地招呼我，說道：「別怕，過來接受我的祝福……」我既驚恐，又困惑……這當兒，我醒了過來，馬兒已打住；薩維里奇扯扯我的手，說道：「下車，少爺，到了。」

「來到哪兒啦？」我問道，揉揉眼睛。

「來到客棧。上帝保佑，我們一路直抵客棧牆邊。下車吧，少爺，快去取取暖。」

我下了馬車。風雪並未歇息，雖然已不那麼猛烈。外面一片漆黑，伸手不見五指。店東手提燈籠，立於門口簷下，迎接著我們。他把我帶進房間，雖然狹小，卻還乾淨，有火把照明。牆上掛著一隻長槍，以及一頂高高的哥薩克帽。

1 在舊俄時期，俄國人舉行婚禮時，有請男性長者代理父親主婚的習俗，這個人稱為посажёный отец（父親代理人，或男代理主婚人），另外也有女性長者代理母親主婚者，稱為посажёная мать（母親代理人，或女代理主婚人）。

店家是亞伊克河流域的哥薩克人[2]，看似六十歲上下的漢子，還是精神抖擻。薩維里奇跟在我身後，提著食物箱走了進來，便要店家升火燒茶，我從來都沒有這麼想要喝茶過。於是店家忙活去了。

「那位帶路人呢？」我問薩維里奇。

「在這兒，少爺。」回答我的聲音從上面傳來。我往高板床瞧去，看到一片黑黑的大鬍子，還有兩隻炯炯發亮的眼睛。「怎樣，老兄，凍壞了吧？」「只穿這一件破褂子，哪能不凍壞呢？本來還有一件皮襖，不瞞你說，昨晚押給酒店的掌櫃啦。哪曉得會這麼冷呢。」這時店家端著滾滾的茶炊進來，我便邀請帶路人喝杯茶，那漢子便從高板床爬了下來。我覺得，這人儀表不凡：四十歲上下，中等身材，清瘦，寬肩。他那黑鬍子裡冒出幾根灰白鬍鬚，靈活的大眼睛不住轉動。他面露很是愉悅、卻也狡黠的神情。頭髮剪成圓圈，身穿破舊的褂子，以及韃靼式的燈籠褲。我給他端上一杯茶，他品嚐一下，便皺皺眉頭。「少爺，您就發發慈悲，叫人給我來杯酒吧，茶可不是我們哥薩克人喝的玩意兒。」我很樂意滿足他的願望。店家從櫥櫃裡拿出一瓶酒和一個杯子，走到他跟前，瞧著他的臉，說道：「嘿，你又到咱們這地方來啦！是什麼風把你吹來的？」帶路人意味深長地眨眨眼睛，答以一段俗話：「鳥兒飛來菜圃，啄了啄大麻；姥姥拿石頭打——沒打著。嗯，那你們怎樣？」

「我們又能怎樣！」店家回答，也是在打啞謎。「本要敲鐘作晚禱，牧師娘卻不答應；牧師做客去，小鬼在墳上。」

「別說了，大叔，」我這位流浪漢反駁，「天要下雨，就會有蘑菇；有蘑菇，就會有樺皮籃子。那現在嘛（這當兒他再度眨了眨眼），就把斧頭藏到背後吧！管林子的來啦。閣下，祝您健康！」說著話，他舉起酒杯，畫了一個十字架，便一飲而盡。然後，向我鞠躬致意，便回到高板床上。

當時的我對這些江湖黑話聽得一頭霧水；但是，後來我才豁然大悟，這事跟一七七二年叛亂之後當時剛剛被剿平的亞伊克部隊有關。薩維里奇聽著，一副大為不滿的神情。他一臉狐疑，一下瞧瞧店家，一下瞧瞧帶路人。這家客棧，或按當地的說法叫「烏彌歐特」[3]，位於荒郊野外的草原上，遠離各個村落，著實像個賊窩。但也沒啥辦法。繼續趕路那是想都別想了。看到薩維里奇這樣憂心忡忡的，我倒覺得好笑。這時，我已準備就寢，在長板鋪上躺了下來。薩維里奇決定睡在炕上；店家則睡在地板。不一會兒，整個屋裡就鼾聲大作，而我

——

2 亞伊克河（Яик）於一七七五年改名為烏拉爾河（река Урал），發源於烏拉爾山南麓，往南注入裡海。

3 烏彌歐特（умёт）是俄羅斯南部草原、烏拉爾河流域一帶的方言，表示「草原上的旅店」。

也死人般地沉沉入睡。

次日早上，我很晚才醒過來，看到暴風雪已平息。太陽普照。一望無際的原野上鋪著一層雪，閃亮耀眼。馬兒已經套上馬車。我跟店家結帳，他向我們收費很公道，讓薩維里奇連爭執都免了，連習慣性的討價還價都不用，昨天對人家還疑神疑鬼的，現在都忘得一乾二淨了。我招呼了領路人，感謝他的協助，吩咐薩維里奇給他五十戈比喝酒去。薩維里奇皺皺眉頭。「五十戈比喝酒！」他說，「作啥？就為了你用車把他載到這客棧來？隨你的吧，少爺，咱們可沒那麼多閒錢。見到什麼人就給錢喝酒，那咱們很快就要餓肚子啦。」我無法和薩維里奇爭論。我已承諾，錢由他全權掌管。然而，未能對這個人表示謝意，總是讓我過意不去，就算他不是解救我於危難，至少把我從不愉快的困境中解圍。「好吧，」我冷冷說道，「要是你不願給五十戈比，那拿一件我的衣服給他。他穿得太單薄了，給他我的兔皮襖吧。」

「哪能啊，彼得少爺！」薩維里奇說，「作啥要把你的兔皮襖給他？這狗東西一到酒館，馬上換酒喝了。」

「老頭，我會不會換酒喝，」我這位流浪漢說道，「這就不用你操心了。你們家少爺把他的皮襖賞賜給我，這是他少爺的心意，你這做奴才的不用多辯，聽命就是了。」

「你就不怕上帝啊，土匪！」薩維里奇忿忿地回答他，「你看這孩子不懂事，巴不得搜刮他一番，就因為他天真老實啊。你要那兔皮襖作啥？你那鬼肩膀塞也塞不進去。」

「請你不要自作主張，」我對老僕說，「快把皮襖拿出來。」

「唉，我的上帝！」薩維里奇唉聲歎氣，「這兔皮襖差不多是全新的呀！給別人也罷，怎麼就給這窮光蛋酒鬼！」

話雖如此，皮襖還是拿來了。那漢子馬上試穿起來。說真的，這件皮襖我穿都嫌小，他穿起來當然緊了點。然而，他腦筋動得快，拆掉縫線，便把皮襖穿上。薩維里奇聽到縫線撕裂聲，差點哇哇大叫。流浪漢拿到我的禮物，非常開心。他送我上了車，並深深一鞠躬，說道：「謝謝，少爺！願上帝獎賞您的好心。我一輩子也忘不了您的恩情。」他自個兒趕路去了，我也繼續前行，薩維里奇一路悶悶不樂，我不予理會，沒多久便把昨天的暴風雪，把那位領路人，還有那件兔皮襖，都忘得一乾二淨了。

抵達奧倫堡，我逕自去見將軍。我看到一位男子，身材高大，但上了年紀有點駝背，一頭長髮已完全花白。他一襲老舊的軍裝都已褪色，讓我想起安娜女皇時代的軍人[4]。他說話帶

——

4 安娜女皇（Анна Иоанновна, 1693–1740），俄羅斯女皇，在位期間是一七三〇年至一七四〇年。

有濃重的德國口音。我把父親的信遞給他。一聽到父親的名字，他很快地看了我一眼，「我的上帝！」他說，「才多久前，好像，安得烈．彼得羅維奇還是你這個年紀，可你瞧，現在他就有這樣的好小子啦！啊，時間好快啊，好快！」他拆開信，輕聲地念了起來，不時還加上幾句評語：「『敬愛的安得烈．卡爾洛維奇鈞鑒，但願大人您……』幹嘛這麼客套？呸，他不害臊啊！當然，規矩是要緊的，但是給老同事寫信是這樣嗎？……『大人您沒忘記……』嗯……『還有……當時……已故明什麼元帥……行軍……以及……卡蘿琳卡……』

呵，兄弟！這樣看來他還記得我們調皮搗蛋的陳年舊事哩！『現在言歸正傳……我把犬子送到您麾下』……嗯……『把他套進刺蝟皮手套裡』……什麼是『刺蝟皮手套』？這想必是俄羅斯俗語……『套進刺蝟皮手套裡』是什麼意思？」他向我問道。

「這是說，」我儘量裝成一副天真無邪的樣子，對他答說，「要溫柔對待，不要太嚴厲，多給一些自由，套進刺蝟皮手套裡。[5]」

「嗯，了解……『還有對他不要太放縱』……不，看來，『套進刺蝟皮手套裡』不是這意思……『附上……他的證件』……它在哪兒呢？啊，這兒……『撤銷在謝苗諾夫兵團的登記』……好的，好的，一切照辦……『容我不懂禮數……以老同事和老朋友的身份擁抱你。』呵！終於想通了……如此等等……行了，小兄弟，」他唸完信，把我的證件擱到一旁，說道，「一切照辦，把你調往某個軍團當軍官，為了不浪費時間，你明天就前去白山要塞，歸米羅諾夫上尉指揮，他是一個善良、正直的人。你到那兒才叫貨真價實的軍旅生涯，也才能學會什麼叫紀律。在奧倫堡你無事可幹；生活太悠哉對年輕人有害無益。至於今天，就請你賞光，到我家用餐。」

「越來越難混了！」我心中暗想，「我打從娘胎裡就已經是禁衛軍中士了，但這對我有什麼好處！反倒讓我流落何處啦？到吉爾吉斯——卡伊薩克草原的邊界，[6]到窮鄉僻壤的要塞什麼軍團的！」

我就在安得烈．卡爾洛維奇那兒，連同他的老副官三人，一起用餐。近乎嚴厲的德國式節儉，在他的餐桌上一覽無遺。我想，他急著把我打發到衛戍部隊，部分原因是害怕他那單身漢的餐桌旁有時會看到我這個多餘的客人。第二天，我向將軍告別，直奔駐地而去。

——

5　套進刺蝟皮手套裡，俄語原文是：держать в ежовых рукавицах，其實意思是「嚴加看管」。

6　也就是位於當時俄國奧倫堡省與吉爾吉斯民族勢力範圍的交界處。

第三章

邊關要塞

咱們每日住碉堡，
喝著開水啃麵包；
管他敵人多兇暴，
要來登門吃肉包，
咱們準備好酒菜：
霰彈大砲好招待。

——士兵之歌

他們都是過時的人，我的老爺呀。

——《紈絝子弟》1

白山要塞距奧倫堡四十俄里。道路沿著亞伊克河陡峭的河岸而行。河面還沒結冰，兩岸鋪著皚皚白雪，景色單調，兩岸之間水浪陰沉沉、黑壓壓。兩岸之外是一望無垠的吉爾吉斯草原。我東想西想，想的多半是難過事。衛戍邊疆的生涯對我沒多大吸引力。我努力想像未來長官伊凡·庫茲米奇·米羅諾夫上尉的模樣，想像中他是個嚴厲、易怒的老頭，除了軍務，其他一概不知，為了芝麻綠豆的小事，動不動就可以把我關禁閉，只讓我啃麵包、喝開水。這時，天色開始變暗。我們快速奔馳。「離要塞很遠嗎？」我問車夫。「不遠啦，」他答道，「那就是。看到了。」我四下張望，以為可以看到森嚴的碉堡、塔臺與城牆。豈知什麼都沒有，只見一座小村子，圍著木柵欄。村子一邊是半埋在雪裡的乾草，有三、四堆；另一邊是幾近坍塌的磨坊，樹皮製的風車翼板懶洋洋地垂下。「要塞在哪兒？」我問道，一臉驚訝。「這就是，」車夫回答，一手指著這小村子，這會兒說話的功夫，我們的馬車已進入村子。在入口處，我看到一門老舊的鑄鐵大砲，街道都是既狹窄，又歪曲，房子都低低矮矮，大部分是麥秸覆蓋的屋頂。我吩咐巡自往司令那兒去，沒一會兒，馬車就停在一座小木屋前面，屋子就蓋在一處高地，旁邊是一座教堂，同樣是木造的。

沒有人出來迎接。我走到門堂，推開前堂的門。一位傷殘老兵坐在桌上，正往綠色軍服的手肘部分縫上一塊藍色補釘。我要他去通報。「進去吧，老弟，」他說，「我們的人都在家。」我走進一個小房間，房裡乾乾淨淨的，擺設老式。屋角擺著一個櫥櫃，放著食具；牆上掛著軍官委任狀，裱在玻璃框裡；旁邊掛著幾幅很醒目的木版畫，畫的是《攻克基斯特林要塞》和《攻克奥恰科夫要塞》[2]，還有《選妻》和《葬貓》。窗前坐著一個老太太，身穿棉背心，並戴著頭巾。她正在解開毛線，一個身穿軍官制服的獨眼小老頭用兩手把毛線撐開。「有何貴幹，先生。」她問道，仍繼續幹著自己的活兒。我答說，我前來就任，並依規定面見上尉先生；說話時，我面對獨眼老頭，以為他就是要塞司令。豈知這位老太太竟把我準備好的一段話打斷。「米羅諾夫不在家，」她說，「他到格拉西姆神父那兒作客；不過，都一樣，先生，我是他太太，請多關照。請坐，老弟。」她大聲叫來女僕，並吩咐她去把士官找來。老頭兒用那隻獨眼對我瞧了瞧，一臉好奇。「我斗膽請教，」他說，「您過去在哪個軍團服役？」我滿足他的好奇心。「再斗膽請教，」他又說道，「您作啥要從禁衛軍調到邊防部隊來？」我答說，這是上級的意思。「想必是行為不檢，有辱禁衛軍官的體統。」老頭兒喋喋不休。「別胡扯，」

—

1 《紈絝子弟》（Недоросль, 1782）是十八世紀下半葉俄國著名劇作家馮維辛（Денис Иванович Фонвизин, 1744 或 1745–1792）的作品。

2 俄國軍隊分別於一七三七年從土耳其手中奪取奥恰科夫要塞，於一七五八年從普魯士手中攻佔基斯特林要塞。

上尉老婆對他說，「你瞧，這年輕人路途勞頓，他可無心跟你閒扯……把手伸直點……那你，老弟，」她轉身向我，又說，「你被發配到我們這化外之地，可別難過。你不是頭一個，也不是最後一個。習慣了，就會喜歡的。阿列克塞·伊凡內奇·施瓦布林因為殺人被調到我們這兒，已是第五個年頭啦。上帝知道，他怎麼鬼迷心竅的！有回，他跟一個中尉騎馬出城，都隨身帶劍，然後互相一陣砍殺。施瓦布林就把中尉一劍刺死，還有兩位證人在場呢！你說能怎麼辦？再聰明的人都會犯錯。」

這當兒，走進一位士官，是一個年輕、體格勻稱的哥薩克人。「馬克西梅奇！」上尉老婆對他說道，「給這位軍官先生撥一間住所吧，要乾淨點的。」「是的，瓦西麗莎·葉戈羅芙娜，」中士回答，「是不是把這位大人安排到伊凡·波列扎耶夫那兒？」「胡說，馬克西梅奇，」上尉老婆說道，「波列扎耶夫那兒太擠了。他可是我的教親，老是念念不忘我們是他的上司呢。帶這位軍官先生去……哦，我這位兄弟，您叫什麼來著？彼得嗎？……把彼得帶去謝苗·庫佐夫那兒。他呀，混蛋一個，竟把馬兒放到我的菜園子。嘿，怎樣，馬克西梅奇，一切平安無事吧？」

「謝謝上帝，都沒事，」哥薩克人答道，「就是普羅霍羅夫下士在澡堂裡，為了一盆熱水和烏絲季妮雅．涅古莉娜打了一架。」

「伊凡．伊格納季奇！」上尉老婆對獨眼老頭說道，「去跟普羅霍羅夫和烏絲季妮雅．涅古莉娜弄清楚，究竟誰是誰非。嘿，乾脆把兩人都處罰一頓。嗯，馬克西梅奇，你去吧，彼得，馬克西梅奇這就帶你去住所。」

我鞠躬告辭。士官把我帶到一棟木屋，就座落在高高的河岸上，剛好在要塞的最邊處。木屋的一半住著謝苗．庫佐夫一家人，另一半歸我使用。這一半只是相當乾淨的一間房間，卻用隔板一分為二。薩維里奇便在裡面動手忙活，我則往小小的窗外瞧。眼前展現一片萋萋的草原。斜對面座落幾棟小木屋，街上有幾隻母雞在閒蕩。一個老太婆手持木盆子，站在臺階上，叫喚著豬仔，那些豬仔也親熱地咕嚕咕嚕回應。就這樣，我命中注定要在這邊陲之地度過我的青春歲月！一陣哀愁襲上心頭，我從窗邊走了開，倒頭便睡，連晚飯也不吃了，即使薩維里奇一番苦勸。他一副傷心難過的樣子，嘮嘮叨叨著：「上帝呀，他啥也不吃啊！要是這孩子有啥三長兩短的，夫人要怎麼說呀？」

第二天清晨，我才要穿衣服，房門就打了開，走進一位年輕軍官，個頭不高，面貌黝黑，很不好看，卻生氣勃勃。「抱歉，」他用法語說道，「我冒昧前來跟您認識。我一直巴不得何時才能看到一張新面孔，昨天聽說您到來，我再也按捺不住。您在這兒住上些時候，您就明白這種心情。」我猜到，這就是因決鬥而遭禁衛軍除名的那位軍官。我們當即結識。施瓦布林一點都不愚蠢，他說話尖銳、有趣。他極為開心地向我描述司令一家人、他的社交圈，以及我所流落的這個邊陲地帶。我正開懷大笑時，房裡走進那位在司令家前堂縫補軍服的傷殘老兵，說瓦西麗莎．葉戈羅芙娜邀請我到他們那兒吃午飯。施瓦布林自告奮勇要跟我一起去。

走近司令家，我們看到廣場上有二十來個傷殘老兵，都綁著長辮子，頭戴三角帽。他們排隊成列，前面站著司令，他是一個精神抖擻的老頭兒，個頭高高，頭戴尖頂帽，身穿藍布長袍。他一看到我們，便往我們走來，親切地跟我說了幾句，又回去發號施令。我們本想停下腳步看看他們操練，司令卻請我們到瓦西麗莎．葉戈羅芙娜那兒去，並表示他隨後就到。「這裡啊，」他補充一句，「你們沒啥好看的。」

瓦西麗莎．葉戈羅芙娜接待我們，既沒架子，又很親切，對待我好似已經認識我一輩子了。那位傷殘老兵與芭菈什卡正在端菜上桌。「今兒個我們家的米羅諾夫怎地操練得沒完沒了的！」司令老婆說道，「芭菈什卡，去叫老爺吃飯。呵，瑪莎在哪兒？」這當兒，走進一個女孩，年約十八，圓圓的臉蛋，紅潤的面色，淡褐色頭髮梳得整整齊齊，梳到羞得發燙的耳後。第一眼，我並不怎麼喜歡她。我看她是帶有成見的，因為施瓦布林在我面前把瑪莎——上尉的女兒，說成一個十足的傻丫頭。瑪莎小姐坐到屋角，便做起針線活兒。這時菜湯端了上來。瓦西麗莎．葉戈羅芙娜不見丈夫回來，再度要芭菈什卡去叫：「告訴老爺，客人等著呢，菜湯要涼了；感謝上帝，要練兵有的是時候，要大聲嚷嚷以後也來得及。」沒一會兒，上尉來到，身邊還跟著那位獨眼老頭。「怎麼搞的，我的老爺子？」太太問他，「飯菜都已端上許久，可你叫都叫不來。」「妳知道，瓦西麗莎．葉戈羅芙娜，」米羅諾夫答道，「我是忙於公務，操練阿兵哥哪。」「嘿，得了！」上尉老婆回嘴，「什麼操練阿兵哥，說得好聽：他們訓練不出什麼名堂，你也訓練不出什麼花樣。乖乖坐在家裡向上帝禱告，這還好些。各位嘉賓，請就坐吧。」

我們坐下用餐。瓦西麗莎．葉戈羅芙娜說個不停，於是一連串的問題對我當頭灑下：父母何許人？是否健在？住在何方？家當多少？聽說我父母擁有農奴三百，她說，「了不得呀！世界上有錢的大有人在！而我們哪，我的兄弟，總共嘛，只有使女芭菈什卡一個，不過，感謝上帝，生活過得還算馬馬虎虎。就是有個遺憾：瑪莎，大姑娘一個，也該找個婆家，可她哪來的嫁妝？細梳子一把，掃帚一枝，銅板三戈比（上帝原諒吧！），只夠上澡堂哪。要是能找個好人家，那是福氣；要不然就留在家裡當一輩子老姑娘啦。」我看了瑪莎．伊凡諾芙娜一眼，她滿臉漲紅，甚至眼淚都滴到盤子上。我不禁對她心生憐憫，趕忙轉變話題。「我聽說，」我說道，管不得是不是恰到時候，「巴什基爾人要來攻打我們要塞。」「老弟，你這是聽誰說的？」米羅諾夫問道。「在奧倫堡人家這麼告訴我的。」我答道。「胡扯！」司令說，「我們這兒好久都沒聽說過有什麼動靜啦。巴什基爾人是驚弓之鳥，還有那吉爾吉斯人也受過教訓，想來他們不會對我們輕舉妄動；要是敢貿然動手，那我會狠狠懲戒他們一番，讓他們十年乖乖的。」我轉身面向上尉夫人，又說，「留在要塞，處處危機，您不害怕嗎？」「習慣啦，我的兄弟，」她回答，「約莫二十年前，我們剛從軍團調到這兒，那可不得了，我好害怕那些可惡的異教徒！常常，我一看到他們的山貓皮帽子，一聽到他們尖叫，信不信，我的爺呀，我的心就要停止了！可現在習慣得很，要是有人來報，賊人在要塞附近四處流竄，我身子動也不動。」

「瓦西麗莎．葉戈羅芙娜可是再勇敢不過的女人，」施瓦布林鄭重其事地表示，「這一點，米羅諾夫先生可作見證。」

「沒錯，」米羅諾夫說，「她可不是膽小的娘兒們。」

「那瑪莎小姐呢？」我問，「也跟您一樣膽大？」

「瑪莎的膽量嗎？」她母親回答，「不行，瑪莎膽小得很。到現在還聽不得槍聲，一聽到槍聲就渾身哆嗦。兩年前米羅諾夫心血來潮，發射大砲為我慶祝命名日，可我這寶貝女兒啊，差點嚇得上西天。打從那時起，我們就不發射可惡的大砲了。」

我們起身離桌。上尉跟老婆睡覺去了，我則到施瓦布林那兒，和他一起消磨整個晚上。

第四章

决一生死

——那請了，擺好架式吧，

看我如何將你一劍刺穿！

——克尼亞日寧[1]

幾週過去，對我來說，白山要塞的生活豈止是過得去，簡直是快活得很。司令家待我如親人。司令夫婦都是可敬可佩的人。米羅諾夫，小兵出身而晉升軍官，沒受過多少教育，為人簡單，卻極為正直、善良。他的太太事事管著他，這倒符合他那無憂無慮的天性。瓦西麗莎．葉戈羅芙娜就連軍務都看作家務，把要塞管理得頭頭是道，就像自己的小窩一樣。沒多久，瑪莎小姐見到我也不再靦腆。我們彼此認識了。我發現她是個懂道理、重感情的女孩。不知不覺我對這一善良人家心生依戀，甚至包括伊凡．伊格納季奇，那個獨眼的駐防軍中尉。對於這個中尉，施瓦布林漫天胡扯，說他跟瓦西麗莎．葉戈羅芙娜好像有不可告人的關係，其實這是連影子都沒的事，可是施瓦布林卻不理會這一套。

我獲晉升為軍官，但職務並未加重。在這受上帝眷顧的要塞，沒人來視察，不用出操，也不必派崗哨。司令有時隨興之所至操練一下士兵，但還不能夠讓所有的士兵分清哪邊是右，哪邊是左，儘管很多人為了不搞錯，每次轉身前都會在胸口畫畫十字。施瓦布林有幾本法文書。我便讀了起來，於是我對文學產生了興趣。每天早上我讀讀書，練練翻譯，偶爾寫寫詩。我幾乎都在司令家吃午餐，然後在那兒打發一天剩下的時光，偶爾格拉西姆神父也會帶著太太阿庫莉娜．潘菲洛芙娜過來；在我們地方上，這位神父太太搬弄是非可是排名第一。自然，我同施瓦布林天天見面，但他的話讓我覺得越來越無趣。他老是取笑司令一家人，我不喜歡聽，尤其是他對瑪莎小姐尖酸刻薄的評語。在要塞裡也沒有別的社交圈，不過我也不想要有。

儘管傳言不斷，卻並未有巴什基爾人騷動的情事。要塞四周是風平浪靜。豈知這種平靜卻斷送在一場內鬨。

我已說過，我涉獵文學工作。我嘗試性之作，在當時來說，是很不錯的，幾年之後，亞歷山大・彼得羅維奇・蘇瑪羅科夫[2]對這些作品還讚賞有加。有一回，我寫了一首詩歌，自己相當滿意。眾所皆知，創作人有時會藉口徵詢人家意見，朗誦自己作品，以尋求知音。於是，我抄下歌詞，便拿去給施瓦布林，因為他是整個要塞唯一有能力鑑賞詩歌的人。我簡單說明來意，便從口袋掏出一本小筆記本，對他朗讀以下一段詩歌：

---

1 克尼亞日寧（Я. Б. Княжнин, 1742–1791），著名劇作家。上文引自他以詩歌形式寫成的喜劇作品——《怪人》（Чудаки, 1793），本劇作於他過世後出版。

2 蘇瑪羅科夫（Александр Петрович Сумароков, 1717–1777），十八世紀中期俄羅斯著名古典主義詩人。

扯斷縷縷情絲，
要把美人忘，
哎，逃避著瑪莎，
妄想海闊天空的自由！

豈知那雙把我俘虜的眼神，
分分秒秒閃動在眼前，
騷擾我的心靈，
摧毀我的寧靜。

當妳知道我這相思之苦，
瑪莎，可憐可憐我吧，
瞧瞧我這悽愴的命運，
我是妳的俘虜。

「你覺得如何？」我問施瓦布林，以為準會獲得他一番讚美，對我那是當之無愧的獎品。哪知，結果很讓我掃興，施瓦布林平常為人謙和，這時卻斬釘截鐵地表示，我的詩歌寫得不怎麼樣。

「怎會這樣？」我問道，努力掩飾自己的懊惱。

「因為嘛，」他答道，「這樣的詩也只有我的老師瓦西里．基里雷奇．特列佳科夫斯基才會寫，很像他那彆腳的愛情詩句。」

於是他拿起我的小筆記本，開始對每一詞、每一行毫不留情地挑剔，也對我極盡刻薄地挖苦。我忍無可忍，便從他手中一把奪回我的小筆記本，並表示，今後再也不會讓他看我的作品。就連我的狠話，施瓦布林也是嘲弄一番。「我們等著瞧，」他說，「看你說話算不算數，寫詩的都需要聽眾，就像米羅諾夫飯前都要一杯伏特加。還有這瑪莎是誰？你對她表白濃情蜜意，吐露相思之苦。不就是瑪莎．伊凡諾芙娜嗎？」

「不干你的事，」我皺了皺眉頭，說道，「不管這個瑪莎是誰，不用你說三道四，也不用你猜東猜西。」

「啊哈！好一個愛面子的詩人，又是害臊的情人！」施瓦布林又說著，越說越讓我火大，「不過嘛，可要聽聽朋友的忠告：你要想成功的話，勸你別用這些詩歌去求愛。」

「先生，這話怎講？請說明白。」

「樂意奉告。這就是說，你若想要瑪莎在黃昏後跟你來相會，你不要送她甜蜜的小詩，而是要送她一對耳環。」

我怒血沸騰。

「你何以如此看她？」我問，勉強壓抑著心中的怒火。

「因為嘛，」他回答，惡狠狠地冷笑著，「我根據經驗了解她的性情和習慣。」

「你胡說，卑鄙的小人！」我狂怒地大喊，「你撒了最無恥的謊言。」

施瓦布林臉色大變。

「這事不跟你善罷甘休，」他說，並緊緊抓住我的手，「你得跟我決鬥。」

「好啊，隨時奉陪！」我答道，心中高興得很。這時我恨不得把他碎屍萬段。

我隨即去找伊凡．伊格納季奇，看到他手裡拿著針。他受司令老婆指示，要把蘑菇串起來曬乾好過冬。「哈，彼得！」他一看到我，便說，「什麼風把您吹來的？有何貴幹？斗膽請教。」我簡單跟他說明我和施瓦布林吵架的事，我也請他——伊凡．伊格納季奇當我的決鬥公證人。伊凡·伊格納季奇把唯一的一隻眼睛瞪得大大的，很專注地聽完我的話。「您是說，」他對我說道，「您想把施瓦布林劈死刀下，也要我到場做公證？這樣嗎？斗膽請教。」

「正是如此。」

「饒了我吧，彼得！您這想幹什麼呀？您和施瓦布林吵架？這沒什麼大不了的！罵人的話說過就算。他把您罵了，您也可以把他罵；他給您一巴掌，您也可以賞他一耳光，兩下，三下——接著各走各的陽關道。然後我們再來幫你們當和事佬。要不然，我敢問，把自家人劈死刀下可是好事？要是您把他劈了，倒也罷，隨他施瓦布林的，我不在乎。我本人看他也不順眼。要是他在您身上捅幾個窟窿呢？這像什麼樣？敢問，到底是誰犯糊塗呀？」

中尉說了一番大道理，卻沒讓我為之動搖。我心意不變。「那就悉聽尊便啦，」伊凡·伊格納季奇說道，「您想怎樣就怎樣吧，可我幹嘛當證人？所為何來？有人鬥毆打架，敢問，這有什麼稀罕？感謝上帝，我跟瑞典人、土耳其人都打過仗，什麼沒見識過。」

我好說歹說跟他解釋證人的職責，豈知伊凡·伊格納季奇說什麼也不明白。「隨您的便，」他說，「要我涉入這檔子事，除非去見見米羅諾夫司令，並依職責向他報告，說本要塞有人圖謀違反國家利益之暴行，懇請司令大人是否採取必要措施……」

我心中一懍，連忙拜託伊凡·伊格納季奇什麼也別對司令說。我好說歹說才把他說服，他答應我不去說，我也打定主意對他退避三舍。

這天晚上我跟平常一樣，在司令家裡度過。我努力裝成開心的樣子，不動聲色，免得啟人疑竇，也避免遭到囉唆的盤問；不過，老實說，幾乎所有處於我這種情況的人都以沉著冷靜自豪，可我偏偏沒這種能耐。這天晚上，我特別容易動情，特別容易感動。瑪莎小姐比往日讓我動心。我一想到這或許是最後一次見到她，她在我眼中更顯得楚楚動人。施瓦布林也在這兒。我把他拉到一旁，告訴他我跟伊凡·伊格納季奇談話的事。「我們幹嘛要證人，」他冷冷對我說，「沒證人也成。」我們說好在要塞附近的乾草堆後面決鬥，並於第二天早上六點多鐘抵達現場。表面上看，我們談得很投機，讓伊凡·伊格納季奇開心得都說漏了嘴。「早該如此啦，」他說著，流露出滿意的神情，「好吵不如歹和，雖然不光彩，總是平平安安的。」

「什麼，你說什麼，伊凡·伊格納季奇？」司令老婆問道，這時她正在屋角用紙牌占卜，「我沒聽明白哪。」

伊凡·伊格納季奇發現我面露不滿，想起自己的承諾，一時很尷尬，不知該怎麼回答。施瓦布林及時為他解圍。

「伊凡．伊格納季奇呀，」他說，「對我們的和解表示贊同。」

「我的兄弟，你這是跟誰吵架？」

「我跟彼得本來吵得很兇。」

「為什麼爭吵啊？」

「芝麻綠豆的小事，就是為了一首詩歌，瓦西麗莎．葉戈羅芙娜。」

「這有什麼好吵的！為了一首詩歌！……究竟怎麼吵起來的？」

「事情是這樣的：彼得不久前創作一首詩歌，今天當著我的面把它吟唱了起來，而我也唱起自己喜歡的歌：

上尉的女兒呀，

可別三更半夜鬼混去……

「結果不同調了。彼得本來大發雷霆，不過後來想通了：想唱什麼就唱什麼，這是個人的自由。事情就這樣收場。」

施瓦布林如此不知羞恥，差點把我氣瘋。不過，他話中有話雖說得粗鄙，除了我以外，卻沒有人聽得懂，至少沒有人留意。大家的談話從詩歌轉移到詩人。司令表示，詩人都是些自甘墮落的人，以及無可救藥的酒鬼，並好意勸我不要再寫詩，因為寫詩有礙軍務，不會有什麼好結果。

施瓦布林在場，讓我受不了。沒一會兒，我便向司令與他的家人告辭。回到家裡，我檢查一下長劍，試試劍尖，然後吩咐薩維里奇在六點多鐘把我叫醒，便躺下睡覺。

第二天於約定時間，我已站在乾草堆後面，等待著我的對手。沒多久，他也出現了。「我們可能會被撞見，」他對我說，「要快一點。」我脫掉軍裝，只穿無袖短上衣，抽出長劍。這當兒，突然從草堆後面跳出伊凡．伊格納季奇，以及五、六位傷殘士兵。伊凡．伊格納季奇要我們去見司令。我們雖覺掃興，也只好聽從。士兵們把我們圍住，我們就跟在伊凡．伊格納季奇後面回要塞。伊凡．伊格納季奇押解著我們，像打了勝仗，邁開大步，得意洋洋。

我們來到司令家。伊凡．伊格納季奇打開了門，很莊嚴地宣告：「帶來了！」迎接我們的是瓦西麗莎．葉戈羅芙娜。「哎唷，我的兄弟呀！這像什麼樣？怎麼啦？這算什麼？在我們要塞裡行凶殺人哪。米羅諾夫司令，馬上把他們關起來！彼得！施瓦布林！把你們的長劍交過來，交過來，快交過來！芭菈什卡，把他們的劍放到儲藏室。彼得，我沒想到你會幹這種事。你不慚愧嗎？施瓦布林就算了，他就是因為殺人才遭禁衛軍除名，他是連上帝也不信的，可你呢？也要步入他的後塵啊？」

米羅諾夫上尉全然同意太太的話，說道：「聽到了嘛，瓦西麗莎·葉戈羅芙娜說得沒錯，決鬥是軍法明令禁止的。」這時，芭菈什卡拿走我們的長劍，收藏到儲藏室。我不禁失笑，施瓦布林則神色傲然。「儘管我很尊敬您，」他對瓦西麗莎·葉戈羅芙娜冷冷說道，「卻不得不指出，這不勞您費心對我們作評斷。這檔子事交給米羅諾夫司令吧，這是他的事情。」「呵！我的兄弟！」司令老婆反駁，「夫妻不是心靈相通、血肉相連嗎？米羅諾夫！你還發什麼愣？馬上把他們分開禁閉，只能啃麵包喝開水，讓他們頭腦清醒清醒。也讓格拉西姆神父對他們作宗教懲罰，讓他們向上帝禱告，祈求寬恕，並當眾懺悔。」

米羅諾夫上尉不知該如何是好。瑪莎小姐臉色慘白。風暴漸漸平息，司令老婆的氣也消了，她叫我們彼此親吻言和。芭菈什卡為我們取回長劍。我們走出司令家，表面上一副前嫌盡釋的樣子。伊凡·伊格納季奇陪我們走出來。「您不覺丟臉嗎？」我忿忿對他說，「您對我承諾不向司令報告，卻又把我們告發。」「我敢發誓，我什麼也沒跟司令說，」他回答，「是夫人盤查此事，我不能不說。她不經司令便自行處置。不過，感謝上帝，事情就這樣落幕。」話說完，他便轉身回家，留下施瓦布林跟我兩人。「我們的事情不能就此了結。」我對他說道。「還用說，」施瓦布林回答，「你要用你的鮮血償還你對我的無禮；不過，想必他們會對我們盯得很緊。這幾日你要做做樣子。再見！」於是我們便分手，像是什麼事也沒有。

回到司令屋裡，我跟往常一樣，坐到瑪莎小姐身邊。司令不在，夫人忙著家事。我們輕聲說著話。瑪莎小姐委婉溫和地責怪我，說我和施瓦布林爭吵，鬧得大家都不安寧。「聽說你要用長劍跟人決鬥，我簡直嚇昏了。」她說，「男人真奇怪！為了一句話，一個禮拜後可能忘記的一句話，就要拔刀相向，不但不顧老命，也不顧良心，不顧……別人家的擔心害怕。不過，我相信，這爭吵不是你挑起的。要怪，肯定怪施瓦布林。」

「妳為何這麼認為，瑪莎小姐？」

「這嘛……他老是喜歡嘲笑人！我不喜歡施瓦布林。他讓我非常反感。可說也奇怪，我怎麼也不願意讓他同樣地不喜歡我。這讓我很害怕。」

「那妳覺得如何，瑪莎小姐？他喜歡不喜歡妳？」

瑪莎小姐吶吶說不出口，滿臉通紅。

「我覺得，」她說話了，「我想，他喜歡。」

「妳何以這麼覺得？」

「因為他曾經向我求親？」

「求親？他向妳求親？什麼時候？」

「去年吧。在你來之前兩個月左右。」

「那妳沒答應？」

「這你該看得出來。施瓦布林，當然啦，是個聰明人，家世也好，又有家產；可我一想到，在婚禮上要當眾與他親吻……絕不行！怎麼也不行！」

瑪莎小姐這一番話讓我豁然開朗，讓我明白很多事情。我明白，何以施瓦布林老是對她尖酸刻薄地挖苦。想來，他發現我們彼此傾慕，便千方百計要離間我們的關係。引發我跟施瓦布林爭吵的那些話，現在看來更顯惡毒下流，因為這些話不是粗野不文的嘲笑，而是處心積慮的中傷。於是，我更一心一意想要懲戒這個造謠生事的無恥之徒，因此迫不及待適當時刻的到來。

我沒等多久。第二天，我寫作一首哀詩，正咬筆苦思韻腳的當兒，施瓦布林敲了敲我的窗戶。我放下手中筆桿，拿起長劍，走了出去。「還等什麼？」施瓦布林對我說道，「現在沒人盯著我們。到河邊去，那兒沒人礙事。」我們一語不發地走去。沿著陡峭的小路往下走，我們在河邊站住，拔出長劍。施瓦布林劍術比我嫻熟，可是我比他強壯、勇敢，而且曾經當過兵的法國先生——鮑普勒教過我幾手，我正好派上用場。施瓦布林沒料到我會是如此危險的對手。好一會兒我們彼此沒能給對方造成任何傷害；終於，我發現施瓦布林氣力漸漸放盡，於是我精神大振，對他步步進逼，幾乎把他逼近河裡。突然，我聽到有人吶喊我的名字，我回頭一看，看到薩維里奇沿著陡峭的小路往我跑下來……這時一把劍猛然刺入我右肩下方的胸部；我仆倒在地，不省人事。

第 四 章

第 四 章

第五章

兒女情長

啊，姑娘妳，美麗的姑娘！
年輕的妳，別急著嫁人；
姑娘，問問妳爹，問問妳娘，
問問爹娘，和那親朋與好友；
姑娘，積蓄妳的聰明與智慧，
聰明與智慧是妳的嫁妝。

——民歌

找到比我好的，妳會把我忘。
找到比我差的，妳會把我想。

——民歌

我甦醒過來，一時之間卻未能回神，不能理會自己發生了什麼事。我躺在床上，在一間陌生的房裡，感到渾身乏力。床前站著薩維里奇，手中握著蠟燭。有個人小心翼翼在為我解開緊縛胸口與肩膀的綳帶。我思緒漸漸清楚。我想起和人決鬥，豁然大悟，自己受了傷。這時傳來吱呀一聲門響。「怎樣？他怎樣了？」一個聲音輕輕問道，一聽到這聲音我渾身為之一顫。「還是那樣，」薩維里奇嘆了一口氣，答道，「一直昏迷不醒，這已是第五天啦。」我想翻身，卻無能為力。「這是哪兒？誰在這兒？」我吃力說著。瑪莎小姐走到床頭，向我俯下身來。「怎樣？你覺得怎樣？」她說。「感謝上帝啦，」我答道，聲音微弱，「是妳嗎，瑪莎小姐？告訴我……」我無力說下去，停下話來。薩維里奇啊了一聲，臉上一片歡欣。「醒啦！醒啦！」他連聲說道，「謝謝你，主啊！哎呀，彼得少爺！你把我嚇壞了！這可是鬧著玩的？第五天啦！……」瑪莎小姐打斷他說話。「不要跟他說太多，薩維里奇，」她說，「他還虛弱得很。」她走出去，輕輕掩上門。我頓時思潮洶湧。如此說來，我在司令家裡，瑪莎小姐不時來看我呢。我想問問薩維里奇一些問題，哪知老頭兒直搖頭，捂住自己耳朵。我無奈地闔上眼睛，不一會兒便沉沉入睡。

一醒過來，我便呼叫薩維里奇，只見出現在我眼前的不是薩維里奇，而是瑪莎小姐，她用天使般的聲音迎接著我。這時內心那種甜蜜的感覺真是無法形容。我抓起她的手，貼在自己臉上，灑下感動的淚水。瑪莎沒把手抽回……突然，她的小嘴唇碰觸我的臉頰，我感受到火熱、鮮嫩的一吻。熱血竄流我全身。「親愛的，善良的瑪莎小姐，」我對她說，「做我的妻子吧，答應我，給我幸福。」她回神過來。「看在上帝分上，你要保持冷靜，」她抽回了手，說道，「你還沒脫離險境呢。傷口還會裂開。好好愛惜自己，哪怕為了我也好。」語聲剛落，她便走了出去，留我一人沉醉在歡樂中。幸福讓我精神振奮。她會是我的！她愛我呀！我想來想去全都是這些。

打從這時起，我的身體時時刻刻在復原。為我療傷的是團裡的一個理髮師，因為要塞裡沒有別的醫生，不過，感謝上帝，他並沒有自作聰明。由於年輕、體質好，我復原得很快。司令一家人都很照顧我，瑪莎小姐更是寸步不離我。不用說，逮到第一個適當機會，我便繼續前次中斷的話題，向她吐露心跡，而瑪莎小姐聽我說話也更有耐心了。她毫不扭捏做作，坦承對我的傾慕，並說，她父母對她的這份幸福當然會很高興。「不過，你要好好想一想，」她又說，「你父母那方面會不會反對？」

我陷入沉思。母親對我疼愛有加，那是毋庸置疑，不過，我知道父親的脾氣和思想，我覺得，我的愛情故事不太能打動他，他準會把我的愛情看成是年輕人的胡鬧。我老實向瑪莎小姐承認這點，不過也拿定了主意，給父親寫了一封信，儘可能寫得文情並茂，懇求父母的祝福。我把信拿給瑪莎小姐看，她認為信文懇切感人，深信一定能贏得父母的同意，於是她那戀愛中的少女芳心便滿懷希望地沉浸在柔情蜜意的喜悅之中。

身體康復後沒幾天我就和施瓦布林言歸於好。米羅諾夫為決鬥一事對我訓斥一番，又說：「哎，彼得！我本該把你關禁閉，不過，這樣你也算是受到懲罰了。至於施瓦布林還關在穀倉裡呢，有衛兵看守，他的長劍也被鎖起來，由葉戈羅芙娜看管。讓他好好想想，反省反省吧。」我滿心的幸福快樂，已容不下任何的仇恨。我開始為施瓦布林求情，好心的司令官，在自己妻子首肯下，也決定釋放施瓦布林。施瓦布林來看我，對於我們之間所發生的事，深表遺憾，並承認一切都是他的錯，請求我能忘掉過去的事。我天性不記仇，對於我們之間的爭執，以及他給我造成的創傷，我真心誠意地原諒了他。對於他搬弄是非一事，我看出，他是求愛不成，自尊心受傷而惱羞成怒，於是我便寬宏大量地原諒這位不幸的情敵。

很快我就恢復健康，可以回到我的住所。我迫不及待父母的回音，不敢有任何奢望，也努力壓抑悲傷的預感。跟葉戈羅芙娜與她的先生我尚未表明，不過我要是提親的話，應該不會讓他們意外。我也好，瑪莎小姐也好，在他們面前都不會刻意掩飾自己的感情，而我們早就胸有成竹，他們會同意的。

終於一天早晨，薩維里奇走進我屋裡，手裡拿著一封信。我將信一把抓了過來，內心發顫。地址是父親親筆寫的。這讓我預感到有什麼重大的事，因為通常都是母親給我寫信，而父親只在信尾附加幾句話而已。久久我都不敢拆信，一遍又一遍看著那莊嚴的筆跡：「吾兒彼得·安得烈伊奇·格里尼約夫收，奧倫堡省白山要塞。」我努力從筆跡中揣測父親下筆時的心情。終於下定決心拆信，一看到頭幾行，我就知道事情不妙。書信內容如下：

彼得吾兒！你來信請求我們，對於你與米羅諾夫的女兒瑪麗亞[1]·伊凡諾芙娜的婚事，給予祝福與同意，這封信我們於本月十五日收到。我不但無意給你祝福與同意，

1 瑪麗亞（Мария）是瑪莎（Маша）的正式名字，也是教名，至於瑪莎則為小名或愛稱。俄國人姓名結構相當複雜，全名是「教名＋父名＋姓氏」，其中，父名是根據父親的教名而來。俄國人在稱呼人名時，可按不同場合，不同關係，採用不同稱呼方式。可稱呼全名，也可稱呼「教名＋父名」，或者「教名＋姓氏」，或僅稱呼姓氏，或僅稱呼教名，甚至偶爾僅稱呼父名。而教名又可按愛稱、簡稱、鄙稱等方式稱呼。本書譯者大多數時候盡量將譯名簡化與統一，不見得按原文一一對應翻譯，以免造成讀者閱讀時的混淆與困惑。

我還準備到你那兒，為你的胡鬧，好好教訓你一頓，就像教訓小孩一樣，雖然你已是軍官了。因為你已證明，你還不配佩掛那把劍，那劍是讓你保衛國家，而不是用來跟你一樣胡鬧的人決鬥的。我即刻寫信給安得烈．卡爾洛維奇，要他把你從白山要塞調到更遠的什麼地方，好讓你到那兒頭腦清醒。你母親聽說你與人決鬥受傷，難過得生病，現在都還臥倒在床。你將來會有什麼出息呢？我只能祈禱上帝，讓你改過向上，雖然我不敢奢望上帝無上的恩典。

父　安．格

讀完這封信，內心百感交集。父親毫不留情，對我嚴加斥責，讓我深感委屈。他提到瑪莎小姐時語帶輕蔑，讓我覺得既不得體，也不公正。一想到要被調離白山要塞，我就害怕，但最讓我心焦的是母親生病的消息。我對薩維里奇大為惱火，不用懷疑，我決鬥一事讓父母得知，一定是他露口風。我在狹小的屋裡來回踱步，然後站到他面前，惡狠狠地看了他一眼，說道：「多虧你，我才受傷，整整一個月在死亡邊緣掙扎，看來，你還不滿意。你還想把我娘給整死。」薩維里奇聽得有如五雷轟頂。「饒了我吧，少爺，」他說著，眼淚都快掉下來，「你這話是怎麼說的？是我害你受傷啦！老天爺在上啊，我跑過去是要拿自己的胸口幫你擋住施瓦布林的劍呀！可恨我年紀一大把，竟然礙事了。至於我對你娘又怎麼了？」「你怎麼了？」我回答，「誰讓你寫信告我一狀？難不成你是派來我這兒當奸細的？」「我？寫信告你一狀？」他眼中帶淚，答道，「老天爺啊！你這瞧瞧，老爺給我寫什麼來著，你會知道我怎麼告你的狀。」於是他從口袋掏出一封信，我讀到信文如下：

你這老狗，很可恥，你竟無視我的嚴格命令，不向我報告少爺的事情，才讓外人不得不向我報告他的胡作非為。你就是如此執行你的職責，並如此效忠你的主子嗎？你這老狗！我要把你送去養豬，因為你隱瞞實情，並縱容年輕人胡鬧。我要你收到此信後立刻給我回音，他現在健康如何；至於他身體復原，已有人來信告訴我了。還要說說他傷在什麼地方，是否醫治良好。

看來，薩維里奇是無辜的，我平白冤枉他，懷疑他，讓他飽受委屈。我請求他的原諒，但老頭兒還是不能釋懷。「我竟落到這步田地，」他叨絮不停，「換得主人如此這般的恩典啊！我又是老狗，又是養豬的，又是害你受傷！不，彼得少爺！不是我，全都怪那可惡的法國先生。是他教你用鐵叉刺人，還要跺跺腳跟，好似靠鐵叉刺人，跺跺腳跟，就能抵禦惡人。哪用花錢請什麼法國先生呀！」

那又有誰會如此費心向我父親報告我的所作所為呢？將軍嗎？可是他對我好像不怎麼關心；至於米羅諾夫司令也沒必要報告我決鬥的事。我左思右想，苦苦猜測。最後我所有疑點都落在施瓦布林身上。他是告密的唯一獲利者，因為告密的結果可能讓我調離要塞，並切斷與司令一家人的關係。我去找瑪莎小姐，跟她說明這一切。她在門階碰到我。「你這是怎麼啦？」她看我一眼，說道，「你一臉蒼白的。」「一切都完了！」我回答，並把父親的信遞給她。這回輪到她滿臉發白。她讀完信，用顫抖的手把信交還給我，並用顫抖的聲音說道：「看來，我命不好……你們家人不讓我進你們家門。一切都是上帝的旨意！上帝比我們更清楚我們該怎麼辦。莫可奈何呀，彼得，只要你能幸福就好了……」「這不會的！」我大叫，抓住她的手，「妳愛我的，我一切都豁出去啦。我們走，投到妳父母腳下。他們都是單純的人，不是什麼鐵石心腸的傲慢傢伙……他們會給我們祝福的，我們結婚去……然後，過些時候，我相信，我們去懇求我的父親，母親會支持我們的，父親也會原諒我……」「不，彼得，」瑪莎回答，「沒有你父母的祝福，我不能嫁給你。沒有他們的祝福，你不會有幸福。我們就聽從上帝旨意吧。要是你能找到有緣人，要是你愛上別的女子，上帝與你同在，我會祝福你們倆……」話說到此，她哭了起來，便從我身邊走開。我原想跟著她走進屋裡，但又覺得，無法克制自己情緒，於是返回住所。

我枯坐屋裡，滿腹愁腸，突然，薩維里奇打斷我的思緒。「你看看，少爺，」他說著，遞給我一張寫得滿滿的信紙，「你看吧，我是不是告自己主子的狀，我是不是挑撥你們父子失和。」我從他手中拿過信紙，原來是薩維里奇的回信。回信一字一句照抄如下：

安得烈．格里尼約夫，我們仁慈的老爺！

您寬宏大量的來函我已收到。來函中您對我這個奴僕大發雷霆，說我不知羞恥，未能遵照主子吩咐行事。我不是老狗，而是您忠心的奴僕，從來都是聽從主子指示，盡心效力，直到如今頭髮斑白。至於彼得受傷一事，我未寫信向您報告，是不想平白無故讓您擔心害怕。聽說，我們夫人阿芙朵季婭．瓦西里芙娜受驚而臥倒在床，我要祈禱上帝，保佑她安康。彼得少爺傷在右肩下面，胸部一塊肋骨下方，深一俄寸半[2]。我們把他從河邊抬到司令家中後，他就一直在那兒休養，由本地一位理髮師斯捷潘．帕拉莫諾夫治療。感謝上帝，彼得少爺現已痊癒，對於他，除了好話，沒啥可說了。聽說，長官對他都很滿意，而瓦西麗莎．葉戈羅芙娜待他如親生兒子。至於他發生如此意外事件，不以既往責怪好漢；馬有四條腿，都難免亂蹄。您來信說要派我去養豬，那就看主子心意，我自當俯首遵命。

您忠心耿耿的僕人

阿爾希普．薩維里奇

讀著好心老頭的信，我好幾次忍不住失笑。我無法給父親回信，至於安慰母親嘛，我覺得，薩維里奇這封信已足足有餘。

打從這時起，我的狀況發生變化。瑪莎小姐幾乎不跟我說話，並且千方百計閃避著我。

我再也不喜歡踏足司令家門。漸漸我習慣一個人留在自己屋裡。起初葉戈羅芙娜還為此責怪我，但看到我執意如此，就不再管我了。我和米羅諾夫司令見面，也只有在公務需要的時候。跟施瓦布林很少碰面，也不想跟他碰面，尤其我發現他一直對我懷恨在心，這也證實我的懷疑。我覺得，日子變得萬般無趣。寂寞孤獨，無所事事，讓我愁懷不展。在孤獨裡，愛火更在我內心熱烈燃燒，讓我越來越痛苦不堪。我無心閱讀，無心文學，我的情緒跌落谷底。我擔心我或許會發瘋，或者會墮落。這時卻發生意外事件，突然強烈而有益地震撼我的心靈，也給我的生命帶來重大的影響。

2　一俄寸（вершок）等於四．四四公分。

第六章

偽帝之亂[1]

小伙子呀，你們聽聽，
咱們老頭兒把故事說。

——歌謠

在動筆描述我所見證的種種奇事之前，我得簡單說說一七七三年底奧倫堡省的情況。

這片遼闊、富庶的省分居住著許多半野蠻的民族，他們臣服於俄羅斯皇帝管轄才沒多久。他們經常騷動鬧事，不適應國家律法，不習慣良民生活，他們既不安分又殘暴，讓政府必須時時刻刻監視他們，嚴加看管。政府在適當地點建立許多要塞，移居要塞的大都是在雅伊克河兩岸落地生根已久的哥薩克人。但是，雅伊克的哥薩克人本該維護地方治安，什麼時候起自己也成為政府眼中不安定的危險分子。於一七七二年在他們首府發生過一次動亂。原因是特勞賓別格少將為了管束部隊，採取一些嚴厲措施，結果是特勞賓別格遭到殺害，指揮部遭任意撤換，最後，政府動用武力，嚴酷制裁，動亂才得平息。

這事件發生於我來到白山要塞之前不久。現在已經安定了，或者說，似乎是安定了。政府過於輕信狡猾叛亂分子虛情假意的懺悔，其實他們是懷恨在心，伺機而動，準備重新作亂。

現在言歸正傳。

一天晚上（這是一七七三年十月初），我獨坐家中，傾聽秋風嘯嘯，隔窗觀看烏雲從月亮邊飛掠而過。有人過來說司令找我。我馬上去見司令，我看到施瓦布林、伊凡·伊格納季奇與哥薩克士官也都在司令那兒。屋裡卻不見葉戈羅芙娜和瑪莎小姐。司令一臉憂心忡忡，和我打了招呼。他把門鎖上，讓士官站到門口，要大家坐下，從口袋掏出一張紙，對我們說道：「各位軍官，有重大消息！各位聽聽將軍是怎麼寫的。」於是他戴上眼鏡，念了起來：

白山要塞司令米羅諾夫上尉先生！

（機密）

茲通知閣下，脫逃之頓河哥薩克人暨分裂教派分子葉梅利揚·普加喬夫膽大妄為，罪不可赦，竟冒稱先帝彼得三世，糾結匪幫，於雅伊克河一帶村莊製造動亂，現已奪取和摧毀要塞數座，並到處劫掠、殺戮。因此，司令閣下，接獲此信之後，請即刻採取必要措施，對上述匪徒暨僭越者予以反擊，若該匪進犯司令轄下之要塞，儘其可能，予以徹底殲滅。

1 本章名稱原為「普加喬夫之亂」（Пугачёвщина），但譯者為求格式工整，嘗試將本書各章名稱都以四個字呈現，因此譯為「偽帝之亂」。普加喬夫冒用彼得三世之名稱帝作亂，俄國歷史都以「偽帝」、「僭號者」（самозванец）稱呼他，而本書也不斷採用「偽帝」（譯者在書中譯為「假皇帝」）指稱普加喬夫。因此，將「普加喬夫之亂」譯為「偽帝之亂」似無不妥。

「採取必要措施！」司令一邊說著，一邊取下眼鏡並折疊信紙。「聽聽，說得多輕鬆。這群亂匪，看來，厲害得很。可我們總共才一百三十人，沒把哥薩克人計算在內，因為他們靠不住，馬克西梅奇，這不是在說你（哥薩克士官乾笑幾聲）。不過，這也莫可奈何，各位軍官先生！大家要勤快點，安排好放哨和夜間巡邏。要是敵人來犯，務必緊閉寨門，帶兵備戰。馬克西梅奇，你給我緊盯你那些哥薩克人。把大砲檢查一下，好好清理清理。尤其是，這一切先保密，不要讓要塞的人過早知道。」

下達各種指示之後，司令便讓我們解散。我和施瓦布林一起走了出來，一邊討論著所聽到的事。「你看怎麼樣，這結局會如何？」我問他。「上帝知道，」他回答，「等著瞧吧。目前還看不出有啥大不了的。要是……」這時他陷入沉思，心不在焉地用口哨吹起法國歌劇的詠嘆調。

儘管我們守口如瓶，普加喬夫作亂的消息還是傳遍要塞。米羅諾夫雖然十分敬重自己太太，但是有關公務的機密一點也不肯向她透露。米羅諾夫接到將軍來信之後，便很技巧地支開葉戈羅芙娜，告訴她，格拉西姆神父好像從奧倫堡接獲什麼天大消息，卻諱莫如深。葉戈羅芙娜馬上就要到神父太太家作客，而且還聽從米羅諾夫建議，也把瑪莎帶著，以免她一個人在家無聊。

米羅諾夫可以完全當家作主了，隨即派人把我們叫來，並把芭菈什卡關到儲藏室，免得她偷聽我們的談話。

葉戈羅芙娜從神父太太那兒什麼也沒探聽到，回到家來，卻聽說，她外出時米羅諾夫已開過會，而且還把芭菈什卡鎖了起來。她揣測到，她上了丈夫的當，便前去詰問。豈知米羅諾夫對太太的責難，已經胸有成竹。他一點也不慌張，對他這位滿心好奇的老伴，理直氣壯地回答：「妳聽我說啊，孩子的娘，咱們這兒的娘兒們竟然想要拿麥秸為爐灶生火，這可會釀大禍的呀，於是我嚴格命令這些娘兒們，往後不得拿麥秸生火，只能用乾樹枝、枯樹木的。」「那你做啥把芭菈什卡鎖起來？」司令夫人問道，「幹嘛把這可憐的丫頭關在儲藏室，關到我們回來？」米羅諾夫對這問題倒沒準備，一時語塞，便嘟囔幾句，前言不對後語。葉戈羅芙娜看出丈夫耍詐，卻知道從他口中也套不出什麼，便不再多問，而提起醃黃瓜事兒，說那神父太太阿庫莉娜·潘菲洛芙娜醃製黃瓜的方法完全與眾不同。葉戈羅芙娜整夜無法入眠，怎麼也猜不透，丈夫腦袋裡究竟有什麼事不能讓她知道。

第二天，她作完彌撒回來，看到伊凡·伊格納季奇正從大砲裡掏出碎布片、小石子、細木條、動物蹠骨、各類垃圾，這些都是孩子們塞進去的。「這些作戰準備是什麼意思啊？」司令夫人暗自忖道，「不會是防備吉爾吉斯人攻擊吧？但是，米羅諾夫這種小事用得著瞞我嗎？」她喊了一聲伊凡．伊格納季奇，下定決心要從他嘴裡刺探祕密，這個祕密挑動女性的好奇，讓她心癢難耐。

葉戈羅芙娜跟他表示一些對家務的看法，就像法官問案之初，會問一些無關緊要的問題，是要先讓被告卸除心防。然後，沉默半晌，她長歎一聲，搖頭說道：「我的上帝啊！你瞧，多恐怖的消息啊！結果該會如何呀？」

「呵，夫人！」伊凡．伊格納季奇答道，「上帝是大慈大悲的：咱們兵力充足，火藥很多，大砲我也清理過了。咱們說不準會擊退普加喬夫。上帝不會放手不管的，豬吃不了人呀！」

「這位普加喬夫是什麼人呀？」司令夫人問道。

這時伊凡．伊格納季奇察覺自己說溜嘴，趕緊住口。不過，已經遲啦。葉戈羅芙娜逼他一切從實說出，也答應他對誰也不透露。

葉戈羅芙娜遵守諾言，對任何人都沒漏一點口風，除了神父太太之外，這只是因為她家的母牛還放牧在草原，可能會被壞人搶走。

沒多久，大家對普加喬夫都議論紛紛，但說法卻莫衷一是。司令派遣哥薩克士官到鄰近村落與要塞刺探消息。兩天之後士官返回報說，離要塞約六十俄里處的草原上，他看到很多火光，並聽巴什基爾人說，來了一支不知何方的部隊。不過，對於確切消息他說不出所以然，因為他不敢再往前行。

一眼看出，要塞裡的哥薩克人騷動異常。在大街小巷，他們三五成群各成一堆，竊竊私語，一見龍騎兵或戍衛士兵，便各自散去。司令派了幾個人到他們之間做眼線。尤萊，一個皈依正教的卡爾梅克人，向司令提供重要情報。根據尤萊說法，哥薩克士官的情資有假：這個狡猾的哥薩克人一回來就對他的同胞表示，他去過叛軍那兒，見過匪首本人，匪首還讓他親吻了手，並與他作一番長談。司令立即把哥薩克士官打入大牢，並派尤萊接替他的位置。這消息讓哥薩克族人大為不滿。他們高聲大發牢騷，負責執行司令命令的伊凡．伊格納季奇便親耳聽到他們如何說的：「到時讓你好看，你這駐軍鼠輩！」司令當天本想審問收押的士官，但哥薩克士官已經逃之夭夭，肯定是有同謀相助。

局勢又有新發展，讓司令更為忐忑不安。一位巴什基爾人散發傳單，煽動叛亂而遭逮捕。針對這次狀況，司令有意再度召集軍官，為此他又想找個合適藉口再把葉戈羅芙娜支開。可是米羅諾夫為人再憨厚老實不過，除了用過一次的招式，他已想不出別的。

「妳聽我說，夫人，」司令對她說道，一邊咳嗽，「格拉西姆神父據說從城裡收到……」「謊話說夠了吧，老爺子，」司令夫人打斷他的話，「你想必要找人開會，背著我討論普加喬夫的事。這回你騙不了我！」米羅諾夫兩眼睜得老大。「好吧，孩子的娘，」他說，「既然妳都已知道，那就留下來吧，我們的討論就讓妳在場吧。」「這就對啦，孩子的爹，」她回答，「你可別要什麼花樣，派人去把軍官叫來吧。」

我們再度集會。米羅諾夫當著夫人的面給我們讀了普加喬夫的檄文，這檄文是由粗通文墨的哥薩克人所寫。匪首宣稱很快就要進軍我們要塞，號召哥薩克人與軍士投入他們陣營，並警告各指揮官不得抵抗，否則將處以極刑。檄文措辭雖顯粗俗，卻也強硬，必然對一般百姓的心理造成危險的影響。

「好個騙子！」司令夫人喝道，「竟敢對我們頤指氣使！要我們出去迎接他，把我們的大旗投到他腳下！哼，他這狗崽子！難不成他不知，我們當差已四十年，謝謝上帝眷顧，啥事沒見過？豈有這種對土匪俯首聽命的指揮官？」

「想必，不會有，」米羅諾夫回答，「不過聽說，這個土匪已攻佔多處要塞。」

「看來，他真的厲害得很。」施瓦布林說道。

「我們這就知道他究竟有多厲害，」司令說，「葉戈羅芙娜，給我穀倉的鑰匙。伊凡·伊格納季奇，把那巴什基爾人帶來，也叫尤萊把鞭子拿來。」

「等等，老爺子，」司令夫人說著，站起身來，「讓我把瑪莎帶離家到什麼地方去，要不然聽到慘叫聲，她可會嚇壞。還有我，老實說，也不喜歡看到拷問人犯。祝留下來的辦事順利吧！」

刑求是古代辦案時根深蒂固的習慣，雖然朝廷已下令廢除這項惡習，但朝廷恩典卻久久未能付諸實施。當時人們以為，必須取得罪犯本人口供才能表示罪證確鑿。這種想法不但毫無根據，也完全違反正常的法律觀念，因為，要是被告否認犯罪不能就此認定無罪，那他承認犯罪也不應作為有罪證明。時至今日，我還聽到，不少老法官對於嚴刑逼供這種野蠻習慣遭到廢止，表示惋惜。在我們那時代，對於刑求的必要性，沒有人懷疑，無論是法官，還是被告。因此，司令下令拷打人犯，我們沒有人會驚訝，也沒有人會不安。伊凡·伊格納季奇前去提領被夫人鎖在穀倉的巴什基爾人，幾分鐘過後，人犯帶到前廳。司令吩咐把他帶進來。

巴什基爾人吃力地跨越門檻（他戴著腳鐐），摘下自己高高的皮帽，在門口停下腳步。

我才看了他一眼，內心不禁為之震撼。這個人我永難忘懷。他年紀似乎七十開外，沒有鼻子，沒有耳朵，頭髮都被剃光，沒留大鬍子，只見下巴豎立幾根灰白小鬍子。他個頭矮小，瘦弱，駝背，不過細細的眼睛卻像火光般閃動著。「嘿！」司令從他身上那恐怖特徵，便一眼認出，他是一七四一年被判刑的亂匪之一[2]，於是司令說道，「你啊，看來，是一隻老狼，已多次落入我們的捕獸夾。既然你腦袋瓜子被剃得光溜溜的，想來，你已不是第一次造反啦。走過來一點，說說，誰指使你來的？」

巴什基爾老頭默不作聲，看著司令，一副茫然的樣子。「你幹嘛不說話？」司令問道，「或著你俄語一竅不通？尤萊，用你們的話問問他，是誰指使他到我們要塞的？」

尤萊用韃靼語把司令的問話重述一次。但是巴什基爾人眼睜睜地望著他，帶著同樣的神情，一句話也不回。

「好啊，」司令說，「我會讓你開口的。夥計們！把他那可笑的條紋長袍剝掉，朝他背上狠狠抽。尤萊，看著，給我好好抽。」

兩名傷殘士兵剝掉巴什基爾人的衣服。這可憐的傢伙一臉惶恐。他四下張望，像一隻被孩子們逮到的小獸。一名傷殘士兵把他的兩條手臂抓起，搭在自己脖子邊，用肩膀把他架起，尤萊便拿起鞭子抽將起來，——這時巴什基爾人呻吟著，發出微弱、乞求的聲音，並點著頭，張開嘴巴，那嘴裡赫然不見舌頭，只剩短短一截切斷的舌根在蠕動著。

每當想起發生在我那年代的這種事，如今卻又活著看到沙皇亞歷山大施行仁政，不得不驚奇文明思想進步之快與人道精神傳播之廣。年輕人！要是我這些筆記落到你手裡，切記，最良好、最可靠的的變革是透過移風易俗的方式達成，而不是依靠暴力鎮壓的手段進行。

當時大家都大吃一驚。「好吧，」司令說，「看來，我們從他這兒將是一無所獲。尤萊，把這巴什基爾人帶回穀倉。各位，我們還有事要商量。」

我們討論著當前局勢，突然葉戈羅芙娜闖了進來，氣喘吁吁，一臉驚慌。

「妳這是怎麼啦？」司令詫異地問道。

「我的天呀，不妙啦！」葉戈羅芙娜回答，「下湖要塞今早淪陷了。格拉西姆神父家裡的長工剛剛打從那兒回來。他眼睜睜看到，要塞被拿下。司令和所有軍官被處絞刑。所有士兵都遭俘虜。搞不好，亂賊就要上門啦。」

---

2 俄國巴什基爾地區人民於一七三五——一七四〇年間，曾發生叛亂事件。這場叛亂後遭殘酷鎮壓，約有七百村落被焚毀，叛亂首要分子都遭受割除鼻子與耳朵的酷刑。

突如其來的消息讓我大為震驚。下湖要塞的司令我認識，是一個文靜、謙和的年輕人。兩個多月前他從奧倫堡帶著年輕太太路過此地，還在米羅諾夫司令這兒稍作盤桓。下湖要塞離我們要塞約莫二十五俄里。時時刻刻我們都得防備普加喬夫來犯。瑪莎小姐的命運栩栩如生浮現我腦海，我的心緊縮一團。

「聽我說，米羅諾夫先生，」我對司令說，「保衛要塞到最後一口氣，是我們的責任，這沒啥好說。不過得考慮女眷的安危。把她們送到奧倫堡，要是道路還暢通的話，或者送到更遠一點、更安全一些、亂匪一時還打不到的要塞。」

司令轉過身對太太說，「妳聽聽，孩子的娘，真的，是不是把妳們送到遠一點的地方，直到我們平定亂匪？」

「嘿，胡扯！」司令夫人說，「哪來的要塞子彈打不到？白山要塞又哪兒不牢靠？感謝上帝，我們在這兒待了第二十二個年頭啦。我們見識過巴什基爾人，見識過吉爾吉斯人。普加喬夫來了，說不定，我們也挺得住。」

「唉，孩子的娘，」米羅諾夫不以為然，「如果妳覺得我們要塞夠牢靠，那就留下吧！可是我們拿瑪莎怎麼辦？要是我們挺得住，或者能等到援軍，那就好；要是亂匪攻下要塞，又如何是好？」

「嗯，那樣的話……」葉戈羅芙娜一時為之語塞，默不吭聲，神情極其惶恐。

「不行呀，葉戈羅芙娜，」司令發覺，他的說話竟然發揮作用，或許，這是有生以來第一次，便又開口，「瑪莎不應留在這兒。我們把她送到奧倫堡她教母家去。那兒兵力與炮火都充足，城牆也是石頭的。還是勸妳跟她一道去那兒，別說妳是老太婆，要是賊人攻下要塞，看妳如何是好！」

「好吧，」司令夫人說，「就這麼辦，把瑪莎送走。可你做夢也休想叫我走，我不走！我年紀一大把，犯不著和你各分東西，孤伶伶地客死他鄉。活在一起，死也要在一起。」

「這樣也好，」司令說，「嗯，事不宜遲。妳就去打點瑪莎出門的事。明天天亮以前就送她出門，還是要派人護送她，儘管我們這兒也沒多餘人手。咦，瑪莎去哪兒啦？」

「在神父太太那兒，」司令夫人答道，「她聽說下湖要塞失守，就渾身不舒服；我怕她會生病。天呀，我們怎麼落到這步田地呢！」

葉戈羅芙娜便去張羅女兒離家的事。司令說話不斷，我已不再插嘴，但也無心多聽。瑪莎小姐到晚餐前才回來，一臉蒼白，泫然欲泣。我們默默用餐，比平常更快離席，和他們一家人道別，便各自返回住處。不過，我故意遺忘我的配劍，又折返拿取。我有預感，我會單獨撞見瑪莎小姐。果然，她已在門口迎接，並把長劍遞交給我。「再會，彼得！」她對我說著，兩眼含淚，「他們要把我送去奧倫堡。你要好好活著，要幸福快樂。或許，上帝會讓我們再相見。要是不會……」說到這兒，她哭了起來。我把她擁住。「再會吧，我的天使，」我說，「再會吧，我親愛的，我的心上人！不管我會如何，相信我，我最後的念頭會是妳，我最後的祈禱也會為了妳！」瑪莎哭泣著，貼緊我胸前。我火熱地親吻了她，便匆匆走出屋外。

第 六 章

第 六 章

第七章

大軍壓境

我的頭兒，親愛的頭兒，
躬忠體國的頭兒！
親愛的頭兒戎馬一生
整整三十又三個寒暑。
唉，親愛的頭兒掙得
不是財富，不是歡樂，
也不是美言佳話，
更不是高官顯貴；
親愛的頭兒只有掙得
高高的木柱兩根，
打橫的楓木一段，
還有
絲製的絞索一條。

——民歌

當夜我沒睡覺，也沒寬衣。我想在天亮前趕到要塞門口，瑪莎小姐會從那兒出發，我要到那兒和她作最後一別。我感受到內心天翻地覆的變化：讓我最沉重難耐的與其說是心裡的不安，倒不如說是愁苦，一種沒多時之前才襲上心頭的愁苦。離別的憂鬱中交織著模糊卻也甜蜜的希望，還有面臨危機逼近的焦躁，以及高貴的榮譽感。黑夜不知不覺地過去。我才正要出門，大門卻突然打開，下士前來報告說，我們的哥薩克人趁著黑夜離開要塞，並強行押走尤萊，而且要塞附近有來歷不明的人馬四處活動。一想到瑪莎小姐已來不及出城，讓我心驚不已。我匆匆交代下士幾句，便直奔司令而去。

天已大亮。我奔跑在街上，忽然聽到有人叫我。我停下腳步。「您去哪兒？」伊凡・伊格納季奇追趕了過來，說道，「司令人在寨牆上，要我來叫您。普加喬夫來啦。」「瑪莎小姐走了沒？」我問，心裡怦然跳動。「沒來得及，」伊凡・伊格納季奇回答，「通往奧倫堡的道路已被切斷，要塞被包圍了。事情不妙呀，彼得！」

我們前去寨牆，那而是天然隆起的高地，再鞏固以密椿柵欄構築而成。要塞居民都已聚集在那兒，駐軍持槍而立，大砲也於昨晚拖到那兒。司令在兵力薄弱的隊伍前踱來踱去。這位老戰士久經沙場，這時危機逼近，反顯得鬥志高昂，精神抖擻。離要塞不遠的草原上，有二十來人騎馬四下奔馳。看來，他們是哥薩克人，不過，其中也有幾個巴什基爾人，從他們的山貓皮帽與箭袋一看便知。司令繞行隊伍，對士兵說道：「兄弟們，今天我們挺身而起，捍衛女皇陛下，並向全天下證明，我們是英勇威武、效忠誓言的戰士！」士兵齊聲大呼，表示效忠。施瓦布林站立在我身邊，凝視敵軍。那些人原來在草原上四下奔馳，發現要塞裡有所動靜，便聚攏會商。司令吩咐伊凡·伊格納季奇把大砲對準他們那堆人，並親自點燃導火線。炮火呼嘯一聲，便從他們頭上飛過，並未造成他們任何傷亡。那些騎士頓時四散，疾馳而去，不見人影，草原上恢復一片空蕩。

這當下葉戈羅芙娜來到塞牆，瑪莎不願離開她身邊，也跟著來。「喂，怎樣啦？」司令夫人說道，「戰事進行如何？敵軍在哪兒？」「敵軍在不遠的地方，」司令回答，「上帝保佑，一切都將無事。怎樣，瑪莎，妳害怕嗎？」「不會，爸爸，」瑪莎小姐回答，「一個人在家還可怕些。」這時她看了我一眼，強露微笑。想到昨晚才從她手中接過長劍，我不由自主緊握劍把，好似要用劍捍衛自己的心上人。我的心一片火熱。我想像自己是她的救美英雄。我渴望證明，自己值得她的信賴，並迫不及待決戰時刻的到來。

這時候，離要塞半俄里處的高崗後面閃出一批又一批的騎士，霎時草原上四處佈滿武裝人馬，手持長矛，身配弓箭。當中一人跨騎白馬，身穿紅衣，手執馬刀，這人正是普加喬夫。只見他勒馬停步，便有人圍攏過去，顯然，在他的號令下，四人越眾而出，縱馬飛奔，來到要塞底下。我們認出他們是叛逃的哥薩克人。其中一人將一張紙舉到皮帽邊，另有一人手持長矛挑著尤萊的頭顱，長矛一揮，頭顱便越過柵欄，朝我們飛來。這可憐的卡爾梅克人的頭顱落到司令腳下。叛逃的哥薩克人大聲吶喊：「不要開槍，出來謁見皇上陛下。皇上已經駕到！」

「我讓你們瞧瞧！」司令大喝一聲，「兄弟們，開槍！」我們的士兵一陣齊射。手持書信的哥薩克人身子晃了晃，便滾落馬下，其他的人則撥馬回跑。我看了看瑪莎小姐。她先是目睹尤萊血淋淋的頭顱，已是大為震撼，後又聽到槍聲齊發，震耳欲聾，似乎已嚇昏。司令叫來下士，要他去把喪命的哥薩克人手中的書信拿來。下士走出野外，回來時順手帶著死者的馬兒。他把書信遞給司令。米羅諾夫把信看過，就撕成碎片。這時亂匪顯然已蓄勢待發。沒多久，子彈便在我們耳邊呼嘯而過，有幾枝箭射進我們身邊地上和柵欄。「葉戈羅芙娜！」司令說，「這兒沒娘兒們的事，把瑪莎帶走，妳瞧，這丫頭已經嚇得魂不附體啦！」

在呼嘯的彈雨中，葉戈羅芙娜不發一語，往草原瞥了一眼，看來草原上亂匪就要大舉來犯，於是轉身對丈夫說道：「孩子的爹，生死天注定。你給瑪莎祝福吧。瑪莎，到妳爹這兒來。」

瑪莎一臉蒼白，渾身哆嗦，走到米羅諾夫跟前，跪倒在地，給父親磕了頭。司令老兒給她畫了三次十字，然後把她扶起，對她說話連聲音都變了：「嗯，瑪莎，祝妳幸福。要向上帝禱告，祂不會離棄妳的。要是找到好人家，願上帝賜與你們愛心與箴言。好好過活，就像我和妳娘一樣。好啦，再會吧，瑪莎。葉戈羅芙娜，趕緊帶她離開。」瑪莎撲上去摟住他，號啕大哭。「我們也親吻一下吧，」司令夫人哭了起來，說道，「再見了，我孩子的爹。原諒我吧，要是過去我有什麼得罪你的地方！」「再見吧，再見，孩子的娘！」司令說著，一把抱住他的老伴，「好吧，行了！去吧，回家去吧。要是來得及，給瑪莎穿上農家袍子吧！」司令夫人帶著女兒離去。我目送瑪莎小姐走去，只見她回過身來，對我點了點頭。這時司令轉頭面向我們，他已全神貫注在敵軍。亂匪聚攏在他們首領四周，忽然，他們紛紛下馬。「現在要堅決挺住，」司令說，「敵軍就要發動攻勢了……」剎那間，響起可怕的尖叫與吶喊，群匪便飛奔起來，直撲要塞。我們的大炮已裝填霰彈。司令讓他們前進到最近的距離，突然，大炮便再度開火。炮火正落群匪當中。亂匪往兩邊散開並後退。唯獨他們首領一人留在前面……他揮舞馬刀，好像很狂熱地鼓動著手下……稍息片刻後，尖叫與吶喊再度響起。「喝，兄弟們，」司令說，「現在打開塞門，擂起戰鼓。兄弟們！前進，跟著我，出擊！」

司令、伊凡・伊格納季奇和我轉瞬間已衝出塞牆之外，哪知駐防部隊卻心驚膽寒，動也不動。「兄弟們，你們幹嘛站著不動？」米羅諾夫大吼，「死就死吧，這是我們的天職呀！」這時，亂匪向我們衝來，並湧進要塞。鼓聲停息，駐衛軍紛紛拋下槍枝，我被推倒在地，不過我又爬起來，並和亂匪一起進了要塞。司令頭部受傷，站在一群匪徒之間，匪徒要他交出鑰匙。我本要衝過去救援司令，幾名孔武有力的哥薩克人把我抓住，用腰帶把我捆綁起來，並說道：「你們抗旨不尊，有你們好看的！」我們被拖著走在街上。百姓紛紛走出家門，獻上麵包與食鹽[1]。陣陣鐘聲響起。突然人群中傳來吶喊，說皇上在廣場等候俘虜，並接受眾人宣誓效忠。人潮便蜂擁往廣場而去，我們也被拖到那兒。

普加喬夫在司令家的臺階上，坐在安樂椅上。他身穿哥薩克紅袍，上下都繡著金色飾邊。高高的貂皮帽帶有金色流蘇，直逼他一雙炯炯發亮的眼睛。我覺得他頗為面善。哥薩克頭目環繞在他身邊。格拉西姆神父滿臉發白，渾身哆嗦，站在臺階旁，手持十字架，似在默默懇求饒恕面臨死難的階下之囚。廣場上很快地立起了絞刑架。當我們走近，幾名巴什基爾人驅開人群，把我們帶到普加喬夫面前。這時鐘聲停息，頓時鴉雀無聲。「哪個人是司令？」這位自封的皇帝問道。我們那位哥薩克士官越眾而出，指了指米羅諾夫。普加喬夫眼神讓人生畏，看了一眼老頭兒，對他說道：「你怎敢反抗我，和你的皇上作對？」司令受了傷，疲累不堪，這時鼓足最後力氣回答，聲音仍然堅定：「你不是我的皇上，你是賊，是冒牌貨，你聽到沒！」普加喬夫一臉陰沉，皺起眉頭，揮揮白色手帕。幾名哥薩克人便把上尉老頭兒揪住，拖到絞架前面。絞架的橫木上騎坐著一個殘疾的人，他正是昨天被我們刑求的那個巴什基爾人。他手上抓著一條繩索，我旋即看到可憐的米羅諾夫已被吊到半空中。接著又把伊凡·伊格納季奇帶到普加喬夫前面。「你向彼得·費多羅維奇[2]皇帝宣誓效忠吧！」普加喬夫對他說。「你才不是我們的皇帝，」伊凡·伊格納季奇回答，把上尉的話再說一遍，「這位大叔，你是賊，是冒牌貨！」普加喬夫再次揮動手帕，這位善良的中尉便懸掛在老長官的身邊。

接著輪到我了。我悍然無畏地望著普加喬夫，準備把兩位同袍大義凜然的答話重述一次。豈知我竟然看到施瓦布林，他頭髮剃成一個圓圈，身穿哥薩克長袍，站在亂賊的頭目之間，

1 根據俄國人習俗，捧著麵包與食鹽迎接客人，是對貴賓表示熱烈歡迎之意。

2 彼得·費多羅維奇（Пётр Фёдорович Романов, 1728–1762）本是沙皇彼得三世的名字。普加喬夫假冒彼得三世之名，自立為皇，因此採用這個名字。一七六二年六月二十八日，即位才半年的彼得三世，由於妻子葉卡捷琳娜（Екатерина Алексеевна, 1729–1796）發動宮廷政變，而遭罷黜，並於七月十七日遭毒死（另外的說法是遭勒死），他的妻子則登基為皇，也就是葉卡捷琳娜二世（或者譯為「凱薩琳大帝」、「凱薩琳女皇」）。

我這時的錯愕真是筆墨難以形容。他邁步向前，在普加喬夫耳邊說了幾句話。「把他絞死！」普加喬夫說道，對我已經連瞧都不瞧一眼。我的脖子被套上繩索。我暗自禱告，虔誠地向上帝懺悔自己的一切罪孽，並祈求拯救所有我親愛的人。我被拖到絞架。「別怕，別怕。」行刑人對我說了幾聲，或許，真的想要鼓舞我的勇氣。突然我聽到一聲吶喊：「等等，你們這些該死的！等等！……」劊子手都住手了。我一瞧，只見薩維里奇俯身在普加喬夫腳下。「我的老祖宗呀！」可憐的老頭說道，「殺了我家少爺你有啥好處？你放了他吧！放了他你可換得我們的贖金；你要殺雞儆猴，那不妨下令絞死我這老頭兒吧！」普加喬夫做個手勢，他們馬上把我解下繩索，放開了我。「我們主子饒你一命。」他們對我說。能逃過一劫，這當下我說不上高興，但也說不上遺憾。我的感覺是一團混亂。我又被帶到冒牌皇帝之前，我被迫向他下跪。普加喬夫向我伸出一隻青筋暴起的手。「親吻手，親吻手！」我身旁有人說話。不過，我寧可遭受極刑，也不願如此卑躬屈辱。「彼得少爺，」薩維里奇站在我身後，推了推我，細聲說道，「別拗啦！這算得了啥？吐個口水，就吻吻這匪……（呸！）就吻吻他的手吧。」我動也不動。普加喬夫把手放下，譏笑說道：「這位少爺想是高興得糊塗啦。扶起他吧！」他們扶起了我，把我釋放。於是我就觀看他們繼續上演這齣恐怖的鬧劇。

百姓開始宣誓效忠。他們一個挨著一個走向前去，親吻十字架，然後向這冒牌皇帝行禮致敬。駐防要塞的士兵也都站在這兒。連隊裡一位裁縫拿著一把不怎鋒利的剪刀，先為他們剪辮子。然後他們抖落一身的髮屑，走向前去親吻普加喬夫的手，普加喬夫也表示寬恕他們，並接受他們入伙。這一切進行了約莫三個鐘頭。終於，普加喬夫從安樂椅上站了起來，在眾頭目簇擁下步下臺階。手下牽來一匹白馬，配備有豪華的馬具。兩名哥薩克人扶他上馬。他告訴格拉西姆神父，要在他家吃飯。這時，傳來一個女人的尖叫聲。幾名亂匪拖著葉戈羅芙娜走到臺階，只見她披頭散髮，全身被剝個精光。一名亂賊已經穿起她的坎肩，其他的人則把絨毛褥子、箱子、茶具、衣服、床單、以及家中各種瓶瓶罐罐，紛紛往外搬出。「我的大爺呀！」可憐的老太婆叫喊，「行行好吧。我的各位祖宗，帶我去米羅諾夫那兒。」突然她看到絞架，認出自己的丈夫。「你們這些惡賊！」她瘋狂地尖叫，「你們拿他怎麼啦？我親愛的米羅諾夫，你是英勇的戰士！普魯士人的刺刀、土耳其人的子彈都沒能傷你一根汗毛；在光榮戰役裡你也沒捐軀，豈知把老命斷送在亡命天涯的刑犯手裡！」「讓這老妖婆給我閉嘴！」—普加喬夫說道。一名年輕哥薩克人往她腦袋一刀劈下，她翻身倒地，死在臺階。普加喬夫騎馬離去，眾人蜂擁衝出，跟在後面。

第八章

不速之客

不速之客比韃靼人還壞。

——諺語

廣場一片空蕩。我仍立於原地，無法理平混亂的思緒，滿腦都是恐怖的畫面。

最讓我惴惴不安的是瑪莎小姐生死未卜。她人在何處？發生何事？是否來得及躲藏？藏身之處是否可靠？……我滿懷焦慮地走進司令家裡……屋裡空空如也，桌椅箱櫃全被砸壞，鍋碗瓢盆全被打碎，能帶走的全被搬光。我跑上通往正房的小樓梯，平生首次踏入瑪莎小姐的閨房。只見她的床鋪被賊人翻得亂七八糟，衣櫃被砸毀，衣物被搬之一空。神龕上也空無一物，不過前面的小神燈仍亮著微火。掛在隔牆上的小鏡子則安然無損……這簡樸的臥房的主人究竟在何處？一個可怕的念頭閃過我腦海：我想像她落入亂賊之手……我的心緊縮一團……我很傷心、很傷心地放聲大哭，並大聲呼喚心上人的名字……這時，我聽到輕微的沙沙聲，接著從衣櫃後面走出芭菈什卡，她兀自一臉慘白，渾身發抖。

「哎呀，彼得！」她兩手一拍，說，「這是什麼年頭啊！多恐怖呀！……」

「瑪莎小姐呢？」我急急忙忙問道，「瑪莎小姐怎樣啦？」

「小姐沒事，」芭菈什卡回答，「她躲到阿庫莉娜．潘菲洛芙娜那兒。」

「神父太太那兒！」我嚇得大叫，「我的上帝！普加喬夫就在那兒！……」

我衝出房間，霎時便來到街上，心焦如焚地直奔神父家，一路上什麼也不瞧，什麼也不顧。

那兒傳來叫聲、笑聲，還有歌聲……普加喬夫正和手下狂歡宴飲。芭菈什卡也跟著我跑到這裡。我要她悄悄地把阿庫莉娜．潘菲洛芙娜叫出來。沒一會兒，神父太太來到門廊見我，手中還拿著一個空的酒瓶。

「老天呀！瑪莎小姐在哪兒？」我問，心中的焦急非筆墨能形容。

「我這寶貝正躺在我床上，就在隔壁房間那裡呢，」神父太太答道，「哎呀，彼得，差點大禍就臨頭，不過，感謝上帝，一切安然過關啦。這土匪剛剛坐下吃飯，我那可憐的孩子正好甦醒過來，還發出呻吟呢！……我簡直要停止心跳。他聽到，便說：『老婆子，誰在妳這兒哼哼叫的？』我給這土匪深深一鞠躬：『我的侄女，陛下。她病了，倒在床上已經是第二個禮拜了。』『妳這侄女年輕嗎？』『還年輕呢，陛下。』『叫妳侄女出來讓我瞧瞧，老婆子。』我的心簡直揪成一團，但也無可奈何。『是的，陛下，可我這丫頭就是下不了床，不能來見陛下您。』『算了，老婆子，我自己過去瞧瞧。』這該死的土匪便往隔壁間走去。你猜怎樣！他掀開帷幔，他那鷹眼看了看！——沒事……上帝救了她一命！你相信嗎，我和我的老伴當時都準備要殉難了。幸好，她呀，我這寶貝，沒能認出他來。主啊，我們怎撞到這種年頭呀！沒啥好說啦！可憐的米羅諾夫！誰能想到呀！……還有葉戈羅芙娜呢？還有伊凡·伊格納季奇呢？殺他做啥？……怎地倒饒你不死？可施瓦布林又是怎一回事？他頭髮也剃成一圈，這會兒還在我們這兒跟他們一起大吃大喝呢！機靈得很，沒啥好說的！還有，我說到侄女生病時，他那樣，你信不信，他那樣看著我一眼，就像一把刀子把我穿透，不過，他沒洩我的底，這還得感謝他呢。」這時，聽見客人醉醺醺地叫嚷著，還有格拉西姆神父也在呼喊。原來是客人要酒喝，主人在呼喚老婆。神父太太得忙活了。「回去吧，彼得！」她說，「現在我可顧不了您啦。土匪正在大吃大喝。您要是落到這些醉鬼手裡，那可是大難臨頭啊。再會，彼得。聽天由命吧，或許上帝不會離我們而去。」

神父太太走了。我稍感安心，便往自己住所而去。路過廣場，見到好幾位巴什基爾人擠在絞架旁，扒下死者的皮靴；我勉強壓抑滿腔怒火，覺得即使挺身而出也於事無補。亂匪在要塞裡四處流竄，洗劫軍官住處。到處都聽到他們醉醺醺的叫嚷聲。我回到住處。薩維里奇在門口迎接我。「感謝上帝！」他一看到我，便大聲吶喊，「我還以為，賊人又把你抓走了。唉，彼得少爺，你相信嗎？賊人把咱們所有東西都洗劫一空啦。衣服、床單、家當、碗盤——什麼都不留。不過這算啥！感謝上帝，他們平平安安放你一馬！少爺，你認出那匪首嗎？」

「沒，沒認出。他又是什麼人？」

「怎麼，少爺？你忘了在客棧拐走你皮襖的那個醉漢？兔皮襖還是嶄新的，可他這騙子拆開縫線，就硬生生往自己身上套呢！」

我大為錯愕。普加喬夫跟我那個帶路人確實有顯著的相似之處。我終於相信，普加喬夫和帶路人就是同一個人，於是這才豁然大悟，何以他饒我不死。我不禁大感驚奇，世事竟有如此奇怪的巧合：送給流浪漢一件兒時皮襖，竟然讓我逃過絞刑；遊蕩於各客棧之間的一個酒鬼，竟然把要塞一個接著一個攻陷，也讓整個國家天搖地動！

「要吃點東西嗎？」薩維里奇問道，他還是沒改變習慣，「家裡啥都沒有；我去找找，給你做點吃的。」

剩下我一個人，於是我陷入沉思。留在土匪佔領的要塞，或者追隨他的幫眾，對一個軍官而言都不成體統。在當前緊急關頭，基於職責的需要，我應該前往能為國家效力的地方……但是兒女之情又如此強烈，讓我很想留在瑪莎小姐身邊，庇護她，照顧她。雖然我都可以預見，局勢毫無疑問將很快會有變化，但是想到瑪莎處境的危險，我內心不由得戰慄不已。

一名哥薩克人跑來找我，把我的思緒打斷。他表示，「陛下要召見你。」「他在哪兒？」我問道，這時我也只能聽命行事。

「在司令的屋子裡。」哥薩克人答道，「午餐後，我們主子就去了澡堂，這會兒正在休息呢。呵，大人，從種種看來，我們主子可真是貴人：他一餐可吃掉兩隻烤乳豬；洗蒸汽浴時，那種熱度啊，連塔拉斯．庫羅奇金都受不了，不得不把浴帚[1]交給福姆卡．比克巴耶夫，澆了一身冷水，好不容易才喘過氣來。沒得說的，他的一舉一動都是那麼尊貴……聽說，他在澡堂裡還讓人看了他胸前的沙皇家族印記：一邊胸口是雙頭鷹，另一邊是他的肖像。」

我覺得沒必要駁斥這位哥薩克人的看法，就跟著他往司令的屋子而去，一路上想像著和普加喬夫會面的情形，也挖空心思揣測著這場會面會如何收場。各位看官可以想像，當時的我並不是那麼的從容不迫。

我來到司令家時，天色已漸暗。絞架上掛著幾具它的祭品，看起來黑壓壓的，頗為嚇人。可憐的司令夫人的屍體仍然橫臥在門階下面，門階邊有兩名哥薩克人站崗。帶我來的那名哥薩克人進去通報，沒一會兒就回來，帶我進一個房間，昨晚我還在這兒與瑪莎小姐濃情蜜意地道別。

我眼前是一個非比尋常的場面：桌上鋪著餐巾，並擺滿酒瓶，桌邊坐著普加喬夫，以及十來個哥薩克頭目，頭戴皮帽，身穿花襯衫，大家酒酣耳熱中顯得興高采烈，滿臉紅通通，眼睛亮閃閃。施瓦布林、我們那位哥薩克士官，以及新近叛降的人士，都不在其中。「呵，閣下！」普加喬夫看到我，便說，「歡迎大駕光臨，請坐，請坐。」大家往旁稍微擠了擠座位。我默默往桌邊坐下。我身旁坐的是一個年輕的哥薩克人，長得英挺、帥氣，他給我斟了杯伏特加，可我卻碰也沒碰。我不禁好奇地打量這一夥人。普加喬夫位於首座，胳膊撐在桌子，寬大的拳頭托著黑黑的大鬍子。他五官端正，讓人頗生好感，毫無凶狠的感覺。普加喬夫不時與一個五十來歲的人說話，一下稱呼他伯爵，一下稱呼他季莫菲伊奇，一下又稱呼為大叔。大夥之間都以同志相待，對自己的首領也不顯得特別謙恭有禮。眾人談到今晨的攻擊、起事以來的戰果，以及今後的行動。每個人都自吹自擂，大發議論，並無拘無束地反駁普加喬夫的意見。就在這場奇怪的軍事會議中決定進軍奧倫堡，這次的軍事行動可說是膽大無比，也差點取得勝利，釀成國家的大禍！當場宣佈明日出征。「喂，弟兄們，」普加喬夫說道，「咱們來唱個歌好睡覺，唱首我最喜歡的歌。丘瑪科夫！你起個頭！」我身旁的哥薩克人便以悠揚的聲音唱起一首悲愴的縴夫之歌[2]，於是眾人也跟著唱了起來。

1 浴帚，普希金原文中使用「掃帚」（веник），其實小說中是「浴帚」（банный веник）的簡稱。所謂浴帚，它是俄式蒸汽浴的配備之一，由俄國白樺樹枝條綁縛而成，握把部份呈桿狀或條狀，頭部呈帚狀，上面還帶有白樺樹葉。俄國人在進行蒸汽浴時，先用浴帚輕拍身體，然後逐漸加重力道抽打，直到身體溫度升高，全身通紅，再進行淋浴。俄羅斯人相信，白樺樹能散發有益的元素，對人體與精神大有幫助。

2 俄國古代在某些河流的某些河段，必須依靠人力在岸上拖動船舶，才能逆水行舟，這些拖船的苦力稱為「縴夫」（бурлак）。

別沙沙叫不停，我這母親般的樹林，
別把我這英雄好漢打擾，我在沉思。
明日我這好漢要受審，
面對沙皇這最嚴厲的法官。
沙皇陛下要親自把我審：
你說說，你這農家的孩子，
你跟誰一夥偷竊，一夥打劫，
你是否還有很多同夥？
我告訴你，親愛的正教沙皇，
告訴你所有的真相，所有的實情，
我的同夥有四名：
第一名同夥是黑黑的夜，
第二名同夥是亮亮的刀，
第三名同夥是疾疾的馬，

第四名同夥是滿滿的弓，
我釋出的探子就是火熱熱的箭。
親愛的正教沙皇又開口把話說：
好傢伙，你這農家的孩子，
又是偷雞摸狗，又是能言善道，
我要把你這孩子好好賞賜，
賞你空地的高大豪宅一間，
它是立直的木柱兩根
還有打橫的木樑一段。

這群人將無法倖免絞刑，這是命中注定，此時他們放聲高唱有關絞刑的民歌，在我心中所激起的波瀾，非筆墨所能形容。他們威嚴的面容、和諧的歌聲，以及他們為原本悲壯的歌詞更添加的悽愴神情，——這一切讓我大為震撼，讓我感受到某種驚悚的詩意。

客人又乾了一杯，便站起離席，向普加喬夫告辭。我想跟他們而去，哪知普加喬夫對我說道：「坐下，我想和你聊幾句。」於是我們留在屋裡，面面相對。

我們雙方都不發一語，過了好幾分鐘。普加喬夫凝視著我，偶爾瞇起左眼，帶著一種狡黠、嘲弄的奇特表情。終於，他笑了出來，笑得很開心，毫無做作，我一直是目不轉睛地看著他，於是這時我也笑了起來，自己也不知為什麼。

「怎樣，閣下？」他對我說，「你是不是嚇破膽，你老實說，當我的弟兄把繩索套在你脖子的時候？我想，你一定嚇得魂飛魄散……要不是你那僕人，你已經在橫木上晃蕩啦。好險當時我馬上認出那老傢伙。呵，你閣下可曾想到，這個為你帶路到客棧的人會是我這皇上本人？（這時他擺出一副威嚴又神祕的氣派。）你在我面前可是罪過深重，」他又說，「不過我赦你無罪，就因為你的善行，就因為在我必須躲避敵人的時候，你給我的幫助。你會看到的還不只如此呢！當我拿到天下，我還會好好賞賜你呢！你願宣示效忠於我嗎？」

這個騙子的問話，還有他的膽大包天，簡直滑稽，我不禁笑了笑。

「你笑什麼？」他問道，眉頭皺了皺，「或者你不相信，我就是皇上？直說無妨。」

我可為難了。認這流浪漢為皇上，我辦不到：我覺得，這未免太懦弱，簡直不可饒恕。但是當面稱呼他騙子——又是自找死路。不久之前我在絞刑架之前、眾目睽睽之下所表現的態度，是基於一時的義憤，現在對我而言則是逞一時之勇，於事無補。我猶豫不決。普加喬夫一臉陰沉，等著我答覆。終於（時至今日，想到這一刻，我都不免洋洋自得），責任感在我內心戰勝人類的懦弱。我回答普加喬夫：「聽好，我對你實話實說。你想想，我豈能認你為皇上？你是聰明人，要是我認了，你自己也看得出我是言不由衷。」

「那就你看法，我是什麼人？」

「上帝才知道。不過，不管你是什麼人，你開了一個危險的玩笑。」

普加喬夫迅速地瞄了我一眼。「如此說來，你不相信我是彼得·費多羅維奇皇帝，」他說，「嗯，好吧。難道豪勇之人就成不了大事嗎？難道古代的格里什卡·奧特列皮耶夫沒稱帝嗎？你把我看成什麼人，悉聽尊便，不過，不要離我而去。別人怎樣干你何事？什麼人當主子都好。真心誠意效命於我就是，我封你又當元帥，又當公爵。你看如何？」

「不，」我回答，語氣堅定，「我生來就是貴族。我曾向女皇陛下宣示效忠，因此不能為你效命。要是你真心為我好，那就放我去奧倫堡。」

普加喬夫陷入沉思。「要是我把你放了，」他說，「你能否發誓，至少不跟我作對？」

「我豈能發下這種誓言？」我回答，「你自個兒知道，這可由不得我。上面下令對付你——我就得上前，莫可奈何。你現在自己是個首領，你也要求下屬服從。要是職責需要，我卻拒絕盡忠職守，這像什麼話？我的腦袋在你手裡：要是把我放了——那就謝了；要是把我處死——上帝會審判你。我對你實話實說了。」

我的真誠讓普加喬夫為之震撼。「那就如此吧，」他說道，拍了拍我的肩膀，「處死就處死，饒命就饒命。你想去哪兒，就去哪兒；想幹什麼，就幹什麼。明早來跟我道別吧，現在睡覺去，我也睏了。」

我離開普加喬夫，走到街上。夜晚寧靜，卻帶寒意。星月明亮，照著廣場與絞架。要塞裡一片安詳、漆黑。只有小酒館裡燈火通明，只聽得晚歸的浪子叫囂不停。我看了一眼神父的住家。窗板與大門都已關上。看來，裡面一切無事。

我回到自己的住所，看到薩維里奇為我遲遲未歸兀自發愁。聽到我可以自由了，他的高興自不在話下。「感謝你，主啊！」他說著，畫了畫十字，「天一亮咱們就離開要塞，能到哪兒算哪兒。我給你做了點東西，吃吃吧，少爺，然後一覺到天明，就像睡在基督懷抱裡。」

我聽從他的意見，吃了晚餐，胃口還特別好，由於身心俱疲，就在光光的地板上睡著了。

119

第 八 章

第 八 章

第九章

臨別依依

與妳相識我甜蜜蜜，
姑娘啊，美麗的妳；
與妳別離我苦澀澀，
苦得好似魂不附體。

——赫拉斯科夫[1]

一大清早，鼓聲把我驚醒。我往集合場走去。普加喬夫的人馬已經在絞架旁排列隊伍，絞架上還掛著昨日的祭品。哥薩克人都騎在馬上，士兵則手持火槍。旗幟隨風飄揚。幾門大砲已經擺到行軍砲架上，其中一門我認出是我們的。所有百姓也都在那兒，等候假皇帝蒞臨。司令家的門階旁，一名哥薩克人抓住一匹馬的轡頭，這是吉爾吉斯種的白色駿馬。我眼睛搜索著司令夫人的屍體。屍體已稍稍挪到一旁，蓋著草蓆。終於，普加喬夫走出門堂。眾人都脫下帽子。普加喬夫駐足臺階，向大家問好。一名頭目遞給他一袋銅幣，於是他將一把一把的銅幣漫天灑下。眾人鬧哄一團，衝向前去爭拾，其間難免有人掛彩。普加喬夫由他的主要幫眾簇擁著。施瓦布林也在其中。我們眼神一度交會，他從我的眼中看到鄙夷之色，於是面露由衷的氣惱，卻又故作嘲弄的神情，轉過頭去。普加喬夫看到我在人群裡，向我點點頭，把我叫了過去。「你聽著，」他對我說，「馬上就到奧倫堡去，代我告訴省長與所有將領，他們過一個禮拜就可以等到我上門。勸勸他們迎接我，像孩兒般愛戴我，唯我命是從；否則他們逃不過極刑。一路順風吧，閣下！」然後他轉身面向民眾，一手指著施瓦布林，說道：「我的子民們，這是你們的新任指揮官，一切服從他的命令，他為我負責指揮你們，指揮要塞。」聽到這話我為之駭然：施瓦布林擔任要塞指揮官，那瑪莎小姐豈不落入他魔掌！天啊，她將會怎樣呀！普加喬夫走下臺階。有人給他牽馬過來。豈知沒等幾名哥薩克人扶他坐上馬鞍，他已矯捷地飛身上馬。

這時，我看到，從人群中走出我們家的薩維里奇，來到普加喬夫跟前，遞給他一張紙條。我想不透，這是怎麼一回事。「這是什麼？」普加喬夫威風凜凜地問道。「你看看就明白，」薩維里奇回答。普加喬夫接過紙條，看了老半天，一副鄭重其事的表情。「你這亂七八糟地寫些什麼呀？」他終於說話了，「我們這明眼人怎麼也看不懂。我的書記長呢？」

一位穿著下士制服的年輕小伙子俐落地跑到普加喬夫跟前。「你大聲唸，」假皇帝說著，把紙條遞給他。我心中大奇，很想知道，我這位老僕心血來潮，給普加喬夫寫些什麼。書記長聲音洪亮，一字一句唸了出來：

「長袍兩件，一件細布，一件絲織條紋，合六盧布。」

「這幹什麼來著？」普加喬夫說道，皺了皺眉頭。

「讓他唸下去。」薩維里奇氣定神閒地回答。

書記長接著唸：

---

1 赫拉斯科夫（M. M. Херасков, 1733–1807），俄國詩人與劇作家。這段詩句取材自他的詩篇——《別離》（Разлука）。

「細絨綠色軍裝一件，值七盧布。
「白色呢子長褲一條，值五盧布。
「帶套袖荷蘭亞麻布襯衫十二件，合十盧布。
「帶茶具的食品盒一套，值兩個半盧布……」
「鬼扯什麼啊？」普加喬夫打斷，「什麼食品盒，什麼帶套袖長褲，這干我何事？」
薩維里奇乾咳一聲，說明原委：
「老爺，請你過目一下，這是我們少爺的失物清單，被亂賊搶走的……」
「什麼亂賊？」普加喬夫聲色俱厲地問道。
「罪過，我用詞不當，」薩維里奇回答，「是亂賊也好，不是亂賊也罷，總之是你的弟兄這樣東摸西摸，就把東西搬光光。可別生氣，馬有四腿，還難免亂蹄。讓他唸完吧。」
「唸下去。」普加喬夫說話。書記長又往下唸：
「印花布被單、塔夫綢棉被各一條，合四盧布。
「掛紅色法蘭絨面的狐皮大衣一件，值四十盧布。
「還有兔皮襖一件，就是在客棧裡賞給老爺你的那件，值十五盧布。」

「這又算什麼！」普加喬夫高聲喝道，兩眼火光閃動。

說實在，我是膽戰心驚，擔心我這可憐的老僕恐遭不測。他本想再加以說明，可是普加喬夫把他打斷：「你竟敢拿這種雞毛蒜皮的事跟我糾纏？」他喝道，從書記長手裡一把抓過那紙條，往薩維里奇臉上扔去。「蠢老頭！東西搬光，算什麼天大的事？你這老傢伙，應該天天為我跟我的弟兄們祈禱上帝，因為你和你家少爺沒跟那些違抗聖命的人一起絞死在這兒……兔皮襖嘛，我會給你兔皮襖！知道嗎？我要叫人活剝你的皮做成皮襖。」

「那就請便，」薩維里奇回答，「我是個下人，顧好主子的家當是我的本分。」

普加喬夫看來是動了惻隱之心。他不再多說，撇過臉去，撥馬便走。施瓦布林與眾頭目跟隨他而去。所有幫眾井然有序地離開要塞。民眾也去為普加喬夫送行。廣場上留下我跟薩維里奇。我的老僕手握清單，兀自審視一番，面露不勝惋惜之色。

他見普加喬夫對我頗有好感，便想好好利用，不過他的如意算盤卻落了空。我覺得他熱心過度，本想罵他幾句，卻也忍不住笑了出來。「你笑吧，少爺，」薩維里奇回答，「笑吧，等到咱們須重新添購所有家當的時候，你就知道好笑不好笑。」

我趕忙前往神父家裡探視瑪莎小姐。神父太太一看到我，就說出一個讓人難過的消息。

夜裡瑪莎小姐發起高燒，昏迷不醒，不住胡言亂語。神父太太把我帶到她的房間。我悄悄地走到她的床前。她的臉變了模樣，讓我大吃一驚。她認不出我來。我在她床前站了好久，聽不進格拉西姆神父和她好心的太太說什麼，他們好像是在跟我說些安慰的話。我愁思洶湧。這個舉目無親的可憐孤女落入窮凶惡極的亂匪之手，我又無力相救，讓我憂心忡忡。施瓦布林，最讓我心驚膽寒的就是這個施瓦布林。他獲得假皇帝授權，指揮要塞，而可憐的女孩是他報仇的無辜對象，又身陷要塞，他將可為所欲為了。我該如何是好？如何助她一臂之力？如何把她救出惡賊魔掌？只剩一個辦法可行：我打定主意，立即飛奔奧倫堡，催促救兵收復白山要塞，可能的話，自己也助上一臂之力。我便向神父與神父太太告別，並且情緒一陣激動，交代神父太太多多照顧瑪莎，這女孩我已視為自己的妻子了。我抓起這可憐女孩的手親了親，淚水潸然而下。「再會吧，」神父太太送我出門，並說道，「再會吧，彼得。或許我們在好年頭還會再見面呢。可別把我們忘記，多多給我們來信吧。除了您啊，可憐的瑪莎小姐找不到什麼安慰了，她已經無依無靠啦。」

來到廣場，我駐足一會兒，看了看絞架，往它鞠個躬，便走出要塞，踏上往奧倫堡的大道，薩維里奇跟在身旁，寸步不離。

我走著，滿懷心事，突然從身後傳來馬蹄聲。我回頭一看，一名哥薩克人騎著馬兒從要塞奔馳而來，手中還用韁繩牽著一匹巴什基爾馬，並從老遠跟我打手勢。我停下腳步，認出是我們那個哥薩克士官。他來到跟前，跨下馬背，遞給我另一匹馬的韁繩，說道：「大人！我們主子賞賜您一匹馬兒，還把他自己身上的大衣也賞給您啦（馬鞍上繫著一件羊皮襖）。還有……」士官還要說話，卻又支支吾吾的，「他賞賜給您……五十戈比……可我在路上弄丟了；請您寬宏大量，多原諒。」薩維里奇斜睨他一眼，嘟囔說道：「路上弄丟！那你懷中叮噹響的是啥？無恥！」「我懷中叮噹響的是啥？」那士官回嘴，一點都不覺害臊，「得了吧，老人家！那是馬嚼子叮噹作響，可不是五十戈比的錢。」「好啦，」我打斷他們爭吵，說道，「代我跟那個派你來的人表示謝意；至於那丟掉的五十戈比，你回程路上仔細找找，拿去買酒喝吧。」「感激不盡，大人，」他調轉馬頭，答道，「我會天天為您禱告。」話聲剛落，人已經騎著馬往回直奔，同時一隻手撐著懷裡，旋即消失在眼前。

我穿上皮襖，登上馬背，讓薩維里奇騎在我身後。「你瞧，少爺，」老頭兒說，「我向那騙子投訴，可沒白忙一場。這賊子還算有良心呀，雖然這匹又高又瘦的巴什基爾駑馬，以及一件羊皮襖，還抵不過他們那幫土匪從你那兒偷走的和你施捨給他的東西的一半。不過，還算不錯，能從惡犬身上扒下一撮毛也好。」

第十章

叛軍圍城

占據草地與高地，
居高臨下，虎視城池。
一聲令下，建砲架於營地後，
掩護戰士，趁暗夜直逼城下。

——赫拉斯科夫[1]

我們快到奧倫堡，見到一群囚犯，他們都剃光頭髮，一張張獄卒夾鉗傑作下扭曲變形的臉。他們在防禦工事附近幹活，監控他們的是一些駐軍的傷殘士兵。有的用車往外運走壕溝裡的垃圾，有的用鏟掘土，壁壘上有泥水匠搬著磚頭，修補城牆。在城門口，哨兵把我們攔下，要求我們出示證件。一名中士一聽我來自白山要塞，逕自把我帶往將軍家裡。

我在花園見到將軍。他正在察看一棵棵的蘋果樹，這些蘋果樹經過秋風的吹刮都已光禿一片，他在老園丁的協助下，小心翼翼地為果樹包紮溫暖的乾草。他一臉安詳、健康與和善。他很高興我的到來，並詳細問起我所見證的種種恐怖事件。我一五一十都告訴他。老將軍聽得很仔細，一邊修剪著枯枝。「可憐啊，米羅諾夫！」等我說完悲慘的故事，他說道，「真為他惋惜，他是很好的軍官。還有米羅諾夫夫人也是很善良的太太，而且她醃蘑菇醃得可真好！那瑪莎，上尉的女兒，怎樣了？」我答道，她還留在要塞裡，在神父太太家中。「哎呀，哎呀，哎呀！」將軍說道，「那就不妙，非常不妙！對於亂賊的軍紀不能有任何指望。這可憐女孩如何是好？」我答說，這兒離白山要塞不遠，或許，將軍大人可以立刻派出部隊解救當地可憐的民眾。將軍面帶疑慮，搖了搖頭。「我們再看看，再看看，」他說，「這事我們再商量不遲。請到我那兒喝杯茶吧，今天我會有軍事會議。你可以提供我們有關普加喬夫這無賴和他的部隊的真實情報。現在你暫且去歇息一下吧。」

我便往他們撥給我的住所去，薩維里奇已在那兒忙東忙西了。我則迫不及待開會時間的到來。各位看官不難想像，我是不會錯過這項會議，因為這會議對我的命運影響重大。預定時間一到，我人已經來到將軍那兒了。

我在他那兒見到一名市府官員，記得應該是關務局長，是一個胖胖身材、滿臉紅潤的老頭，身穿錦緞大衣。他把米羅諾夫稱為乾親家[2]，向我詳細問起米羅諾夫的遭遇。我說話時，他屢屢打岔，一下子提出問題，一下子發表說教式的議論，在在顯示，他即使不精通軍事，至少也是精明幹練、天資聰穎。這時，其他與會人士陸續到來。他們之中，除了將軍本人外，沒有一個是軍人。等大家坐定，給每個人奉上一杯茶之後，將軍對於當前局勢作了極為清楚、詳細的陳述。「現在，各位，」他又說道，「我們要決定，對於亂匪我們應該採取什麼行動：或攻或守？這兩種方法都各有利弊。進攻的話，有希望可以早日消滅敵人；防守則較安全可靠……因此，我們按程序開始聽取各方意見，也就是由低階開始發言。准尉先生！」將軍轉身向我說道，「請您發表意見吧。」

—

1 赫拉斯科夫（М. М. Херасков, 1733–1807），俄國詩人與劇作家。這段詩句取材自他的史詩——《俄羅斯》（Россияда, 1779）。

2 乾親家（кум），按俄國過去習俗，小孩親生父母及教母對小孩教父的稱呼，或小孩的教父、教母對小孩生父的稱呼。

我站起身，首先簡短描述普加喬夫與他的幫眾的情況，接著斷然表示，這個假皇帝沒有能耐頂住正規軍的進攻。

在座官員顯然都不贊同我的意見。他們覺得年輕人過於輕率與冒進。傳來一陣竊竊私語，我清楚聽到有人低聲說道：「乳臭未乾！」將軍轉身向我，笑著說道：「准尉先生！軍事會議上，開頭發言的通常都會主張採取攻勢，這是合情合理。我們繼續徵詢各方意見吧。六品文官先生！請表示您的意見！」

那位身穿錦緞大衣的老兒匆匆把第三杯茶一飲而盡，茶中摻和著蘭姆酒，然後回答將軍：「將軍大人，我認為，既不宜攻，也不宜守。」

「怎麼說，六品文官先生？」將軍一臉驚訝，反問，「戰術上可沒別的辦法呀，不是攻就是守……」

「大人，可以採取誘之以利的辦法。」

「哎呀！您的主意太妙了。誘之以利的辦法在戰術上可行，我們就採用您的主意。我們將懸賞那無賴的人頭……出價七十盧布，甚至一百盧布……從祕密經費支出……」

「如此一來，」關務局長搶著說話，「要是那些賊人不把他們的首領五花大綁地送上門來，我就是一頭吉爾吉斯綿羊，不是六品文官。」

「對這，我們再從長計議，」將軍答道，「不管如何，我們還是要採取一些軍事措施。各位，繼續按程序發表意見吧！」

結果所有的意見都和我的背道而馳。所有官員都是說軍隊靠不住，勝利沒有把握，小心為上，諸如此類的話。大家都認為，留守在石頭城牆裡，有大砲保護，較為妥當，何必暴露空曠戰場，面對砲彈，考驗運氣。最後，聽完眾人意見，將軍抖落煙斗上的煙灰，發表以下談話：

「各位先生！我必須指出，就我而言，我完全贊同准尉先生的意見，因為他的意見符合戰術常規，在戰術上幾乎總是攻優於守。」

這時，他停下話，裝填煙斗。我感到洋洋得意，不禁傲然地看了看眾官員，他們則竊竊私語，臉露不滿與不安。

「不過，各位先生，」他深深嘆了一口氣，同時吐出一口濃濃的煙，又說，「事關無上仁慈的女皇陛下托付給我的數個省分的安危，我可不敢擔負如此重大的責任。因此，我同意多數人的意見，決定採取較明智與安全的策略，於敵人圍城之際堅守城內，並以火炮反擊敵人的進攻，如果可能，再伺機出擊。」

這回輪到在座的諸位官吏對我投來揶揄的目光。會議散去。這位可敬的沙場老將竟然如此軟弱，違反自己信念，聽從一群毫無經驗的門外漢的意見，我不得不感到遺憾。

這次讓人難忘的會議過後幾天，我們獲悉，普加喬夫果真說到做到，他的大軍已逼近奧倫堡。我從城牆居高臨下看到叛軍部隊。我感覺，從我所見證的前次攻擊以來，他們部隊已增為十倍之眾。他們擁有不少大砲，都是普加喬夫從他所征服的各個小要塞繳獲的。想起軍事會議的決定，我預見我們將會被圍困在奧倫堡城內好一段時間，不禁為之氣惱，幾乎掉淚。

我無意描寫奧倫堡的圍城，那是屬於歷史範疇，並非家庭紀事。簡而言之，由於地方首長怠忽職守造成的這次圍城，對當地百姓是天大的災難，他們遭受飢荒與種種不幸。不難想像，奧倫堡這段期間的日子是極其艱辛。大家滿心愁苦，等候命運的判決；大家哀聲嘆氣，物價飆漲得著實可怕。砲彈從天而降，落在自家後院，大家已司空見慣；就連普加喬夫大軍攻城，都引不起大家一絲的好奇。我煩悶得生不如死。時間一天一天過去。我收不到來自白山要塞的信函。所有道路全被切斷。與瑪莎小姐的離別之苦對我越來越難以忍受。她遭遇如何，音訊全無，尤其讓我痛苦難挨。我唯一的消遣是隨騎兵突襲敵軍。拜普加喬夫之賜，我擁有一匹駿馬，但我能與牠分享的糧草卻少得可憐，每天又得騎著牠出城，與普加喬夫的騎兵駁火一番。每次的交火總是由那群賊子居上風，他們是吃飽喝足，又有好馬相伴。城裡瘦骨嶙峋的騎兵隊在他們身上討不到便宜。有時我們的步軍挨餓出擊，來到野外，積雪太深，讓他們無法對付四面八方的敵人騎兵。大砲從城牆高處轟擊無濟於事，拉到原野又陷入泥中，我們的馬兒瘦弱不堪，拖也拖不動。我們的行軍布陣如此這般！這就是奧倫堡大小官員所謂的小心與明智！

有一回，我們很難得地擊散並趕跑好一大群的敵軍，我策馬衝向一名掉隊的哥薩克人，正要將手中土耳其馬刀當頭劈下，卻見這人脫下帽子，高聲喊道：

「您好，彼得大人！近來可好？」

我舉目一瞧，認出是我們那位士官。我看到他有說不出的高興。

「你好，馬克西梅奇，」我對他說道，「你從白山要塞出來好久了嗎？」

「不久，彼得大人，昨天才回來。我給您捎來一封信。」

「在哪兒？」我大聲叫起，滿臉漲紅。

「我隨身帶著，」馬克西梅奇答道，伸手入懷，「我答應芭菈什卡，無論如何要把信給您帶到。」說著，他把一封折好的信遞給我，然後調馬便走。我展信閱讀，內心不住顫抖，信文如下：

上帝旨意，讓我頓失雙親，從此世上我無一親人，無人眷顧。我只能求助於你，我知道，你從來都是希望我好，你對任何人都樂於幫助。我向上帝祈禱，無論如何要讓這封信落到你手中。馬克西梅奇答應把這封信送交給你。芭菈什卡也聽馬克西梅奇說道，他常常在你們出擊時老遠看到你，說你一點都不顧惜自己，也沒想到那些含淚為你禱告上帝的人。我病了好久；等到我病好了，那個取代先父指揮我們要塞的施瓦布林便以普加喬夫作為要脅，強迫格拉西姆神父把我交給他。我現在住在自己的房子，有衛兵監視。施瓦布林逼著我嫁給他。他說，他救了我的命，因為神父太太告訴那些賊子我是她侄女時，他掩護神父太太的謊言。但是，與其嫁給施瓦布林這種人為妻，我寧願死去。他逼我逼得很緊，威脅說，要是我不回心轉意，不同意嫁給他，他就把我送交那賊子陣營，他說，要讓我落得跟麗莎維塔．哈爾洛娃[3]一樣的下場。我要求施瓦布林讓我想一想。他同意再等我三天，要是三天過後我不嫁給他，他將饒我不得。彼得少爺！你是唯一能庇護我的人，請為我這苦命人挺身而出吧！你求求將軍和所有長官趕快派遣大軍前來援助我們，要是能夠，你也前來吧。

永遠忠心於你的孤女
瑪莎．米羅諾娃[4]

看完這封信，我簡直要發瘋了。我毫不留情地用馬刺催促我那可憐的馬兒，飛奔城內。一路上，我東想西想，該如何救出這可憐的女孩，卻想不出任何計策。回到城裡，我直奔將軍府，急匆匆找上他本人。

將軍正在屋裡來回踱步，兀自抽著他那海泡石煙斗。一見到我，他便停下腳步。想必我這樣子讓他大吃一驚，他關切地問道我匆匆而來所為何事。

3 麗莎維塔．哈爾洛娃（Лизавета Харлова）是當時奧倫堡地區塔季謝夫要塞司令的女兒，也是下湖要塞司令的太太，塔季謝夫與下湖兩要塞分別遭普加喬夫攻陷，麗莎維塔．哈爾洛娃的父母與丈夫都遭普加喬夫處死，麗莎維塔．哈爾洛娃則淪為普加喬夫的情婦，後遭普加喬夫的心腹殺死。

4 大多數俄國人的姓氏男女有別，也就是同一姓氏，男生與女生字尾不同。因此，米羅諾夫（Миронов）上尉的女兒的姓氏譯為：米羅諾娃（Миронова）。

「大人，」我對他說，「我把您當成親生父親般地有求於您。看在上帝分上，不要拒絕我的請求，這事攸關我終身的幸福。」

「怎麼回事，老弟？」老將軍問道，一臉詫異，「我有什麼能為你效勞的？說吧。」

「大人，請下令讓我帶領一連人馬以及五十名哥薩克人，讓我去掃蕩白山要塞。」

將軍目不轉睛地看著我，想必以為我發瘋了（這一點他幾乎沒有猜錯）。

「哪行啊？掃蕩白山要塞？」他終於說出話來。

「我保證，一定成功，」我火熱地回答，「只要您讓我去。」

「不行啊，年輕人，」他說著，搖了搖頭，「這麼長的距離，敵人可輕而易舉地切斷你們和主要戰略據點的聯繫，把你們徹底殲滅。聯繫一被切斷……」

我見他一味從軍事上進行推理，大為心急，連忙打斷他說話。

「米羅諾夫上尉的女兒給我寫了一封信，」我對他說，「她請求救援，施瓦布林向她逼婚。」

「真的嗎？哦，這個施瓦布林真是十足的Schelm[5]，要是他落到我手裡，我一定下令在二十四小時內對他進行審判，把他掛到要塞城牆上槍斃！不過，暫時要先忍耐……」

「忍耐！」我失聲叫道，「可這時他就要娶了瑪莎小姐呀！……」

「喔！」將軍不以為然，說道，「這也算不得什麼壞事，她最好還是暫時作施瓦布林的妻子吧，這樣施瓦布林還能庇護她呢。到時我們把施瓦布林槍斃了，她還能再找丈夫的。標緻的小寡婦不會寂寞的。我的意思是說，小寡婦找丈夫比大姑娘容易的。」

「我寧願去死，」我說著，人簡直要發瘋了，「也不能把她讓給施瓦布林！」

「哎呀呀！」老將軍說道，「現在我弄懂了，看來你愛上了瑪莎小姐。哦，這又另當別論了！可憐的小伙子！不過，無論如何我還是不能給你一連的人馬以及五十名哥薩克人。這樣的冒險過於輕舉妄動。我負不起這樣的責任。」

我垂下頭，滿心絕望。突然，我的腦海閃過一個念頭，至於這是什麼念頭呢，各位看官，正如古代小說家所言，且待下回分解。

—

5 德文，表示「騙子」、「狡猾的人」。

第十一章

亂賊營寨

這時的獅子吃飽喝足，
雖然生性凶殘，
牠和顏悅色問道：
「光臨我的洞穴所為何來？」

——蘇馬羅科夫[1]

我辭別將軍，匆匆回到自己住所。薩維里奇迎接我時，還是老樣子，喜歡說教：「少爺，你何苦跟那些酒鬼強盜計較輸贏！這哪是你這種貴人幹的事？搞不好，平白無故送掉老命。要是打土耳其人或瑞典人，倒也罷，可現在打什麼人，連說都是罪過。」

我打斷他說話，問他：「我現在總共還有多少錢？」「夠你花的，」他回答，一臉得意。「不管那些賊子如何翻箱倒櫃，我還是把錢收藏得好好地。」說著，他從口袋裡掏出一個長長的針織袋子，裡面裝得滿滿的銀幣。「這樣子，薩維里奇，」我對他說，「現在給我一半，剩下的你帶著。我要到白山要塞去。」

「彼得少爺！」這位好心的老人家說著，聲音都發顫了，「你也行行好，現在這種局面，你如何上路，所有通道都被亂匪切斷啦！就算你不顧著自己，至少也要可憐可憐你爹娘吧。你要去哪兒？做啥？還是稍微等等，等大軍一到，把亂匪一網打盡，那時東南西北都任你去。」

不過，我的心意已決。

「來不及商量了，」我回答老頭兒，「我一定要去，非去不可。別操心，薩維里奇，上帝仁慈，或許我們還會見面！你自己多當心，不用心覺不安，用錢不要小氣。要什麼，就買什麼，再貴也沒關係。這些錢我都給你。要是三天過後我還沒回來……」

「你這說啥啊，少爺？」薩維里奇不讓我說下去，「要我放你一個人走！你做夢也甭想。要是你已打定主意，你騎馬走，那我就是用兩條腿，也要跟在你後頭，絕不離開你。要我躲在石頭城裡讓你走！難不成我瘋了？你要如何便如何，少爺，可我不會離開你。」

我知道，和薩維里奇沒什麼好爭辯的，便吩咐他準備上路。半鐘頭過後，我便登上我的駿馬，薩維里奇則騎上一匹又瘦又瘸的劣馬，那是城裡一戶人家沒有草料餵馬，免費贈送給他的。我們來到城門口，哨兵放我們出城，於是我們離開了奧倫堡。

天色漸暗。我將路過別爾達鎮，那是普加喬夫的賊窩。直通道路深埋雪中；可是整個草原上處處可見馬蹄的痕跡，而且每天都在翻新。我放馬奔馳。薩維里奇勉強地遠遠跟在後頭，不時對我大聲嚷嚷：「放慢點，少爺，看在上帝分上，慢點。我這匹可惡的劣馬跟不上你那匹長腿魔鬼。急啥呀？趕著赴宴倒也罷，可別趕著上刀山啊……彼得……彼得少爺！……別把我毀了！……天上的主啊，我家少爺會完蛋的！」

沒一會兒，已見別爾達鎮燈火閃爍。我們來到一個峽谷，這是別爾達鎮的天然屏障。薩維里奇仍然跟在身後，苦苦哀求聲一路不斷。我本指望能平平安安繞過這個村鎮，哪知在暮

---

1 蘇馬羅科夫（А. П. Сумароков, 1717–1777），十八世紀俄國著名古典主義詩人。不過，據考證，本段詩句，並非蘇馬羅科夫的作品，而是普希金模仿蘇馬羅科夫作品撰寫而成。

色中，突然見到五個漢子出現在眼前，他們都身帶棍棒，這些人是普加喬夫的前哨。他們對我們吆喝著。我不知道口令，原本想要默不作聲地從他們前面走了過去，可是他們立刻圍了上來，其中一人一把抓住我馬兒的籠頭。我拔出馬刀，往這個漢子當頭劈下；他的皮帽救了他一命，可他還是打了個踉蹌，放開手中籠頭。其他人一陣慌亂，便跑了開。我趁這機會，催馬奔馳，揚長而去。

夜幕漸漸低垂，我原可趁著夜色脫離險境，可是，突然之間，回頭一看，不見薩維里奇跟在身後。可憐老頭兒騎著瘸馬，沒能逃過亂賊手掌。該如何是好？我等了半晌，料定他遭攔截，便撥馬回頭，前往營救。

奔近峽谷，我遠遠就聽到喧囂、吆喝，以及薩維里奇的聲音。我快馬加鞭，沒一會兒又來到幾分鐘前才要把我攔下的那幾個放哨的漢子之間。薩維里奇身陷其間。他們從老馬上拖下老頭，正要上綁，見到我自投羅網，眾人大樂，便大聲吆喝，朝我飛身撲來，瞬間也把我拖下馬來。其中一人，想必是頭目，表示，馬上把我們押去晉見皇上。他又說，「到底把你們馬上絞死，還是等到天亮，那就看我們主子的旨意了。」我沒反抗，薩維里奇也跟我一樣，這幾名哨兵便興高采烈地把我們押走。

我們越過峽谷，進入小鎮。家家戶戶都已燈火點點。處處傳來喧譁與叫喊。在街上我遇見很多人，但在黑暗中沒人注意到我們，也沒人認出我是奧倫堡軍官。他們逕自把我們帶往十字路口一間小屋。門口擺著幾個酒桶，以及兩尊大砲。「這就是皇上官邸，」一名漢子說，「我們就去稟報。」他走進小屋。我看了一眼薩維里奇，只見老頭兒畫了個十字，自顧著祈禱。我等了老半天，那名漢子終於回來，對我說道：「去吧，我們主子傳令讓您進去。」

我走進小屋，或者是那些漢子所謂的官邸。屋裡點著兩盞油脂蠟燭，牆上裱著金色壁紙；不過，幾張長凳，一張桌子，吊在繩子上的一個洗臉盆，掛在釘子上的一條毛巾，牆角的爐叉子，以及擺著瓶瓶罐罐的寬闊爐臺——這一切與平常農舍沒兩樣。普加喬夫坐在聖像下面，身穿紅色長袍，頭戴高頂皮帽，雙手叉腰，一副威風凜凜的樣子。他身旁站著幾個頭目，裝出一副畢恭畢敬的模樣。顯然，這些亂賊聽說從奧倫堡來了個軍官，大感好奇，便擺出勝利的姿態迎接我。普加喬夫一眼就認出我來。他擺出來的威風模樣一下子消失無蹤。「呵，是閣下你啊！」他熱情地對我說，「近日可好啊？是什麼風把你吹來的？」我回答，我有事路過，卻被他的手下攔住。「什麼事？」他問我。我不知該怎麼回答。普加喬夫以為，我不願當著眾人把話說出，便請諸位頭目退下。眾人聽從指示，只有兩人動也不動。「你就當著他們的面大膽說話吧，」普加喬夫對我說，「我什麼事都不會瞞著他們的。」我側眼看了看假皇帝的這兩名心腹。一個是瘦弱、駝背的老頭，鬍子都已花白，除了灰色厚呢外衣上斜配一條藍色勳帶外，身上毫無讓人刮目相看之處。可是對他那位夥伴我卻畢生難忘。他身材高大、魁梧，肩膀寬闊，看來是四十五歲上下。嘴上濃密的棕紅色大鬍子，一雙灰色眼睛炯炯發亮，鼻子不見鼻孔[2]，額頭與兩頰上一個個淡紅斑點，這一切給他那張寬闊的麻臉增添難以形容的神色。他身穿紅色襯衫、吉爾吉斯長袍和哥薩克燈籠褲。後來我才知道，前者是別洛鮑羅多夫，一個從政府軍隊裡脫逃的下士；後者是阿法納西．索科洛夫，綽號鬧板[3]，一個遭流放的犯人，曾三次從西伯利亞服苦役的礦場中逃跑。儘管我的心情波濤洶湧，但是我在無意間撞見的這批人仍強烈地勾起我的想像。不過，普加喬夫又問話了：「說吧，你從奧倫堡出來，究竟為什麼？」這才讓我回神過來。

我腦海裡浮現一個奇怪念頭：我再一次碰到普加喬夫，這可是上蒼要讓我實現心願的機會。我打定主意要利用這次機會，但未及思考要如何利用，便回答普加喬夫的問話：

「我要到白山要塞拯救一個孤女，那兒有人要欺負她。」

普加喬夫的眼中火光閃動。「我手下有誰如此大膽敢欺負孤女？」他喝道。「哪怕他有三頭六臂，也逃不過我的懲罰。你說，犯罪者何人？」

「施瓦布林，」我答道，「他囚禁一個女孩，那女孩你見過，就是在神父太太家養病的那女孩，施瓦布林對她仗勢逼婚。」

「我要好好教訓施瓦布林，」普加喬夫說道，一臉森嚴，「讓他知道，胡作非為，欺壓百姓，是如何下場。我要把他處絞刑。」

「容我說句話，」鬧板開口，發出沙啞嗓音，「你倉促之間就任命施瓦布林為要塞司令，如今又在倉促之間要把他處以絞刑。你指派貴族擔任哥薩克人的頂頭上司，已讓哥薩克人大感羞辱；可別一聽讒言又把貴族處死，讓貴族都嚇跑了。」

「對那些貴族不必疼惜，不用抬舉他們！」身披藍色勳帶的老者說話了，「處死施瓦布林，沒啥大不了的。不妨把這位軍官先生也好好審問一番：他來到這兒做啥？要是他不認你

2 鼻子不見鼻孔（нос без ноздрей）是按原文翻譯，俄國讀者理解，此人「鼻子不見鼻孔」並不是真的沒有鼻孔，而是曾遭受「割除鼻孔」之刑（рвать ноздри）的重刑犯。所謂「割除鼻孔」是割除犯人鼻子兩側鼻翼的軟骨，並非真的把鼻孔割除。在十八世紀，俄國政府對於判處重刑（死刑或終身苦役）的犯人，常施予「辱刑」（шельмование）。「辱刑」包括：「割除鼻孔」、臉上打上烙記、鞭打示眾於市集廣場等。

3 鬧板（хлопуша），驅魚入網或驅野獸入陷阱的帶響器具。

這個皇上，何必找你討公道；要是認了，他做啥至今還留在奧倫堡，跟你的敵人在一起？要不要把他打下大牢，再燒些火伺候：我看啊，這位大爺是奧倫堡指揮官派到我們這兒來的。」

我都覺得，這老賊的推理相當具有說服力。一想到我現在落入什麼人手裡，我不禁全身發冷。普加喬夫注意到我心慌意亂。「怎樣，閣下？」他對著我擠擠眼睛，說道，「我的元帥似乎言之有理。你以為如何？」

普加喬夫的揶揄反讓我恢復勇氣。我淡然地回答，我既然落到他手裡，他要拿我如何，就悉聽尊便了。

「好吧，」普加喬夫說道，「現在說說，你們城裡狀況如何。」

「感謝上帝，」我答道，「一切平安。」

「平安？」普加喬夫反問，「居民都要餓死啦！」

這位假皇帝說的可是實情，不過，出於信守軍人誓言，我堅稱，這是空穴來風，奧倫堡各方面的儲備都充足有餘。

「你瞧，」那老頭緊跟著說，「他當面欺瞞你。所有逃出城的都異口同聲表示，城裡又是飢荒，又是瘟疫，那兒很多人都在吃死人肉，而且還當成光榮的事。可這位大爺卻偏偏要說糧草充足。如果你要絞死施瓦布林，那也把這位好漢吊到同一個絞刑臺，讓他們誰也不眼紅誰。」

這該死的老頭說了幾句話，似乎就讓普加喬夫心意動搖。還好鬧板挺身而出，提出異議。

「得了，納烏梅奇，」他對老頭兒說道，「你就只會絞死人，殺死人。這算哪門子的英雄好漢？瞧你，只剩一口氣，人都已入土半截，還光想著要殺人。難不成你良心沾染的血腥還不夠？」

「那你又是何方神聖？」別洛鮑羅多夫反唇相譏，「你哪來啥的慈悲心腸？」

「那還用說，」鬧板回答，「我也是有罪的人，這隻手（這時他握緊那骨節粗大的拳頭，捲起袖子，露出毛聳聳的胳膊），這隻手有罪，它沾滿基督教徒的鮮血。不過，我殺敵人，不殺客人；我殺人是在陽關大道，或在黑暗森林，不在家裡，坐在爐邊；我殺人是靠鏈錘與斧頭，不是靠娘兒們的尖嘴與毒舌。」

老頭兒轉過身，嘴裡念念有詞：「鼻子破爛的傢伙！……」

「你嘀咕什麼，老東西？」鬧板喝道，「我也叫你嚐嚐鼻子破爛的滋味。等著瞧，你會有這一天的。上帝旨意，會讓你聞聞火鉗挾鼻的味道……眼下你就瞧瞧，別讓我拔掉你的鬍子！」

「兩位將軍先生！」普加喬夫威嚴地說，「兩位吵夠了吧。要是奧倫堡所有狗兒跑到同一個絞刑臺下蹬腿，那不是什麼大不了的事；要是我們的人都像狗兒般互相亂咬，那可大事不妙。好啦，兩人和解吧。」

鬧板與別洛鮑羅多夫都默不作聲，兩人臉色陰沉，彼此相望。我看必須改變話題，否則結局會對我大為不妙，於是轉身向普加喬夫，故作快樂狀，說道：「呵！我差點忘了跟你道謝，謝謝你送我馬兒和皮襖。要不是你，我恐怕到不了城裡，在路上就凍死啦。」

我妙計果然奏效。普加喬夫大樂。「禮尚往來嘛，」他說著，又是眨眨眼，又是瞇瞇眼。「現在你跟我說說，施瓦布林欺負大姑娘，干你何事？她不會是你的心上人吧？怎樣？」

「她是我的未婚妻，」我回答普加喬夫，看出氣氛改變，對我大為有利，覺得沒有必要隱瞞真相。

「你的未婚妻！」普加喬夫大聲叫道，「幹嘛你不早說？讓我們促成你們的婚事，還要吃吃你們的喜酒呢！」然後轉身對別洛鮑羅多夫說：「你聽著，元帥！我跟這位先生是老朋友啦，我們坐下來吃個飯吧。早晨頭腦比夜晚清楚，明兒個我們再看看，他的事該怎麼辦。」

如此禮遇，我很想婉拒，但盛情難卻。兩位哥薩克年輕女孩，也是屋主的女兒，在桌上鋪好白色桌巾，端來麵包、魚湯、幾瓶葡萄酒和啤酒。於是，我竟然再度與普加喬夫以及他那兩個讓人望之生畏的心腹同桌用餐。

我身不由己參加這場酒宴，一直持續到深夜，最後賓主都已醉醺醺。普加喬夫坐在自己的位子上打起盹來，他的同夥站了起來，示意要我離席。我跟他們一起走了出來。在鬧板指示下，衛兵把我帶到禁閉室，我看見薩維里奇也在裡面，於是我們就被關在一起。老人家把這一切看在眼裡，大感驚奇，可是對我什麼也沒問。他在黑暗中躺下身，唉聲歎氣了好久，這才發出鼾聲，而我滿腹心事，整夜不得一刻好眠。

次日一早，普加喬夫派人來叫我。我前去見他。他的門口停靠一輛帶篷馬車，套著三匹韃靼馬兒。人們蜂集街上。我在門廊見到普加喬夫，他一副外出的裝束，身穿大衣，頭戴吉爾吉斯皮帽。站立他身旁的是昨天一起談話的那兩個人，他們擺出畢恭畢敬的模樣，跟我昨晚看到的截然兩樣。普加喬夫開心地跟我打了招呼，並要我和他一起坐上馬車。

我們坐定。一個肩膀寬闊的韃靼人站立著駕馭三頭馬車，普加喬夫對他說：「往白山要塞！」我一顆心怦然跳動。馬兒啟動，鈴鐺響起，馬車便要飛奔而去……

「停一下！停一下！」傳來我太熟悉的聲音，——我看見薩維里奇迎面跑來。普加喬夫吩咐停車。「彼得少爺！」老頭兒大聲嚷著，「我這麼大把年紀，別把我丟在這兒跟這群盜……」「呵，你這老傢伙！」普加喬夫對他說，「上帝讓咱們又見面啦！好啦，坐到馭座吧。」

「謝了，陛下，謝了，我的親爹！」薩維里奇說著，坐上馬車。「我這老頭承蒙你的照顧與關懷，願上帝保佑你健健康康，活到一百歲。我一輩子都會為你向上帝禱告，那兔皮襖的事我不會再提啦。」

提到兔皮襖的事，有可能到頭來還是把普加喬夫激怒。幸好，也不知是這位假皇帝沒聽清楚，還是這種來得不是時候的弦外之音，他不屑理會。馬兒大步奔馳，路上人們紛紛駐足，並深深鞠躬。普加喬夫不住向兩旁點頭致意。沒多久，我們便出了小鎮，飛馳在平坦的大道。

不難想像我此刻的心境。幾個鐘頭過後，我便可以見到我原以為失去的女子。我想像著我們重逢的那一刻……我也思量著眼前這位人物，他手中掌握了我的命運，由於奇怪的機緣巧合，他竟莫名其妙地與我發生聯繫。我想到，這位心狠手辣、殺人如麻的人，竟然自告奮勇要成為我心上人的救星！普加喬夫還不知道，她就是米羅諾夫上尉的女兒。施瓦布林要是一發狠，有可能什麼事都抖露出來；普加喬夫也可能從別的方面探知真相……到時瑪莎小姐會落得如何下場？我不禁渾身打了冷顫，毛骨悚然……

突然，普加喬夫打斷我的思緒，對我問道：

「閣下你想些什麼？」

「哪能不想，」我回答他，「我是軍官，也是貴族，昨日還跟你兵戎相見，今日卻與你共乘馬車，並肩同行，而我一生的幸福還指望你呢。」

「那又如何？」普加喬夫問道，「你害怕嗎？」

我回答，既然我有過一次，承蒙他手下留情，我就能期望不僅是他的寬恕，甚至還有他的協助。

「你說得不錯，一點都不錯！」假皇帝說道，「你看到，我那些伙計都不正眼瞧你一眼。那老兒今天早上還一口咬定，你就是奸細，要把你好好拷問，再把你處以絞刑。不過，我可沒同意，」他又說，並把嗓門壓低，不讓薩維里奇與韃靼人聽到，「因為我還記得你那杯酒與那件兔皮襖。你瞧，我可不像你們那幫人說的，嗜殺成性。」

我想到白山要塞淪陷時的情景，但又覺得沒有必要和他頂嘴，於是一話不答。

「奧倫堡裡怎麼說我來著？」普加喬夫沉默半晌，問道。

「都說啊，你不好對付呢。那還用說，你已讓大家知道厲害了。」

假皇帝一臉顧盼自雄之色。

「是啊！」他說著，神情愉悅，「到哪兒我都能打。你們奧倫堡的人知道尤澤耶瓦[4]那一戰嗎？我們擊斃四十員大將，擄獲四個軍團的兵力。你以為，普魯士國王有能耐和我較量嗎？」

這個草寇如此自吹自擂，讓我覺得滑稽。

「你自認如何？」我對他說，「你能擊敗斐德烈[5]嗎？」

「擊敗那個費歐德爾．費歐德羅維奇啊？有什麼不能的？要知我都能擊敗你們諸多大將，而他們不是也打敗過斐德烈嗎？至今我的大軍都是無往不利。等著瞧吧，我還會進軍莫斯科呢。」

「你想進軍莫斯科？」

假皇帝略作沉思，輕聲說道：

「天曉得。我能選擇的路很窄，常常身不由己。我那些弟兄會自作主張。他們是一群盜賊。我得處處小心。只要一打敗仗，他們就會拿我的人頭去換他們的脖子。」

「說的好！」我對普加喬夫說道，「你何不趁早離他們而去，自行向女皇陛下請罪？」

普加喬夫苦笑一下。

「不行，」他答道，「我認罪也來不及啦。我已是罪無可赦。我只能一不做二不休。誰知道？說不定成得了大事！格里什卡·奧特里皮耶夫[6]不是也曾經君臨莫斯科嗎？」

「那你知道，他是如何下場的？他給摔出窗外，大卸八塊，燒成灰燼，再填入大砲，轟得一乾二淨。」

「聽好，」普加喬夫說道，神情帶著一種野性的亢奮，「告訴你一個故事，那是我小時候一個卡爾梅克老太婆說給我聽的。有一天，一隻老鷹問一隻烏鴉：『告訴我，烏鴉啊，為什麼你能活在世上三百年，而我總共只有三十三年呢？』烏鴉回答牠：『老兄，這是因為你

4 尤澤耶瓦（Юзеева），離奧倫堡約二十哩的一個村莊。一七七三年十一月九日，普加喬夫率領的叛軍在這裡重創了俄國政府派赴奧倫堡馳援的大軍。

5 斐德烈（另譯：腓德烈、腓特烈），也就是當時普魯士國王——斐德烈二世（Frederick II, 1712–1786），史稱斐德烈大帝（Frederick the Great），是歐洲歷史上偉大名將之一。他在位期間（一七四〇——一七八六），大規模發展軍事，擴張領土，使普魯士躋身歐洲列強之一。

6 格里什卡·奧特里皮耶夫（Гришка Отрепьев），格里什卡是格里戈里（Григорий）的小名。此人原為修道院僧侶，後逃離修道院，並趁俄國政權陷於混亂之際（一五九八——一六一三年之間，為俄國歷史上著名的「混亂時期」），冒稱是沙皇伊凡四世（又稱為「恐怖的伊凡」）的兒子，於一六〇五年在波蘭軍隊的協助下進入莫斯科，即沙皇之位，自稱為德米特里一世（Дмитрий I），但在位僅約十個月，於一六〇六年五月被推翻。他在倉皇之際，跳出窗外摔傷，被逮捕後遭殺害。不過，俄國歷史學界對於格里什卡·奧特里皮耶夫的身世仍有不同說法。

喝鮮血，我卻吃腐屍。』老鷹心想：『那就試試吧，咱們一塊嚐嚐死屍的味道。』好啦，老鷹和烏鴉就一道飛走。這時，牠們看到一具馬屍，便飛落而下。烏鴉啄了起來，並讚不絕口。老鷹啄了一口，再啄一口，便搖搖翅膀，對烏鴉說：『不了，烏鴉兄弟，與其吃腐屍活三百年，倒不如痛痛快快喝一回鮮血，以後的事就看老天吧！』——這卡爾梅克老太婆的故事如何？」

「別出心裁，」我回答他，「不過，靠殺人、打劫過活，依我看，跟啄食腐屍沒兩樣。」

普加喬夫一臉驚訝，看了看我，不發一語。我們兩人各懷心事，都不說話。那韃靼人唱起一首悲愴的歌曲；薩維里奇打著盹，身子在馭座上晃晃蕩蕩。馬車奔馳在冬日平坦的道路上……突然，我看見雅伊克河陡峭岸邊的小村莊，那兒有柵欄，有鐘樓——過一刻鐘，我們便進入白山要塞。

第 十 一 章

157

第 十 一 章

第十二章

伶仃孤女

就像我們的小蘋果樹，
不長樹枝，不發新芽；
就像我們的公爵小姐，
沒有親爹，沒有親娘，
沒有人為她梳妝，
沒有人為她送嫁。

——婚禮之歌[1]

馬車來到司令家臺階前。民眾聽出是普加喬夫馬車的鈴聲，蜂擁而至，跟在我們後面跑著。施瓦布林出到臺階迎接假皇帝。他一襲哥薩克人的裝束，並蓄起大鬍子。這位叛賊把普加喬夫扶下馬車，滿嘴阿諛之辭，表示歡欣與忠誠。看到我，他一臉尷尬，但旋即恢復自若神色，向我伸出手來，說道：「你也是我們一伙的嗎？早該如此啦！」我撇過頭去，一話不答。

我們進入那熟悉已久的屋裡，我的心不由隱隱作痛。牆上兀自掛著已故司令的委任狀，它如今已成往日歲月的墓誌銘，讓人不勝傷感。普加喬夫坐到沙發上；米羅諾夫上尉過去聽老伴的嘮叨聽得頭腦發昏，就常常在這張沙發上打盹。施瓦布林親自端來伏特加。普加喬夫將一杯酒一飲而盡，指指我，對他說：「也給這位貴客倒一杯。」施瓦布林端著托盤來到我跟前，不過，我再次撇過頭去。他顯得頗不自在。他平日就很機靈，這時當然猜到，普加喬夫對他有所不滿。他在普加喬夫面前戰戰兢兢的，不時瞄了瞄我，滿眼狐疑。普加喬夫一下問起要塞情況，一下問起敵軍消息等此類的事，忽然，出其不意地問道：

「告訴我，老弟，你這兒監禁了怎樣的大姑娘？讓我瞧瞧吧。」

施瓦布林頓時一臉死白。

「陛下，」他……顫聲說道，「陛下，她不是監禁……她是生病……她正在房裡躺著。」

「帶我去看她。」假皇帝說道，站起身來。這時已無從推托。施瓦布林帶領著普加喬夫往瑪莎小姐房間走去，我也跟在他們後頭。

施瓦布林在樓梯間停下腳步。

「陛下！」他說，「您有權命令我，怎樣都行。但可別讓外人進入我妻子的臥房。」

我渾身一顫。

「你這樣就結婚了！」我對施瓦布林說道，已經準備要將他碎屍萬段。

「安靜點！」普加喬夫打斷我說話，「這事我自有主張。」他轉向施瓦布林，又說：「你啊，可別要心眼，不要裝模作樣的。她是你妻子也好，不是你妻子也罷，我要帶誰到她那兒就帶誰。閣下，跟我來吧。」

來到房前，施瓦布林再度停下腳步，結結巴巴說道：

「稟報陛下，她發著高燒，不停地胡言亂語的，已是第三天了。」

「開門！」普加喬夫說。

—

1 本段文字是普希金採集自父母領地——米哈伊洛夫斯科耶（Михайловское）地區的民間婚禮歌謠，不過歌詞也可能經過普希金動筆改寫。

施瓦布林在口袋裡摸索一陣，說道，身上沒帶鑰匙。普加喬夫一腳踢向大門，門鎖落下，房門打了開，我們便走了進去。

我一眼便嚇呆了。瑪莎小姐坐在地上，一身破爛的農家女裝束，一臉蒼白，骨瘦如柴，披頭散髮。她跟前擺著一罐的水，罐上有一塊麵包。一見到我，她渾身發顫，叫出聲來。至於當時的我怎麼了——我想不起來。

普加喬夫看了一眼施瓦布林，苦苦笑道：

「你的病房真是不賴呀！」然後，走到瑪莎小姐跟前，說道：「告訴我，好姑娘，妳丈夫為何懲罰妳？妳犯了什麼對不起他的事？」

「我丈夫！」她重複說道，「他不是我丈夫。我永遠不會作他的妻子。我寧願去死，要是不放我走，我就死去。」

普加喬夫看了看施瓦布林，眼神讓人生畏。

「你如此大膽，竟敢欺騙我！」他對施瓦布林說道，「你這無賴，可知，你該當何罪？」

施瓦布林兩腿一跪……此刻，我內心的鄙夷壓過所有的仇恨與憤怒。看著這位貴族竟然跪倒在地，向一個亡命天涯的哥薩克人搖尾乞憐，我心中充滿極度的厭惡。普加喬夫的心卻為之一軟。

「饒你這一回，」他對施瓦布林說，「不過，給我記住，要是再出差錯，連這筆帳和你一塊算。」

然後他轉向瑪莎小姐，和顏悅色地說道：

「去吧，美麗姑娘，我賜妳自由，我是皇帝。」

瑪莎小姐迅速地看了他一眼，並猜到，站在他眼前的就是殺害他雙親的兇手。她雙手捂臉，昏倒在地。我向她撲了過去，可這時我的老朋友芭菈什卡大膽地竄進屋來，便動手照料她的小姐。普加喬夫走出房裡，於是我們三人往客廳走去。

「怎樣，閣下？」普加喬夫笑笑說道，「我們解救了一個美麗姑娘！你以為如何，要不要把神父叫來，讓他為自己侄女舉辦婚禮？要不，我來主婚，施瓦布林當男儐相。我們關起大門，大吃大喝一頓。」

我害怕的事情，還是發生了。施瓦布林聽到普加喬夫這麼一說，怒不可抑。

「陛下！」他氣急攻心地大叫，「我有罪，沒對您實話實說，但彼得也在矇騙您啊。這女孩不是本地神父的侄女，她是米羅諾夫的女兒，就是打下這要塞時被你處以絞刑的那個米羅諾夫。」

普加喬夫目光向我投來，眼中充滿怒火。

「這又是怎麼一回事？」他一臉狐疑，對我問道。

「施瓦布林跟你說的沒錯。」我毅然回答。

「你對我卻沒提這檔子事。」普加喬夫說著，臉色變得陰沉。

「你自己想想，」我對他答道，「豈能當著你手下表示，米羅諾夫的女兒還活著。他們準會把她折騰至死，那什麼也救不了她了！」

「說得也是，」普加喬夫說著，笑笑，「我那些酒鬼是不會饒過這可憐的女孩的。那神父太太幹得好啊，把他們都瞞過了。」

「你聽著，」我看出他一副好心情，又說，「怎稱呼你，我不知道，也不想知道……但上帝都看在眼裡，我甘願為你付出生命，報答你為我所做的一切。但千萬不要叫我去做有損榮譽、有違良心的事情。你是我的恩人。好人就做到底吧，放了我跟可憐的孤女，讓我們到哪裡算哪裡。無論你在哪裡，無論你會如何，我們天天都會向上帝禱告，解救你那有罪的靈魂……」

想必是普加喬夫的鐵石心腸受到感動。

「就照你說的吧！」他說，「要殺頭就殺頭，要饒命就饒命，我向來如此。帶你的佳人走吧，想到哪兒，悉聽尊便，願上帝保佑你們恩愛與和諧。」

於是他轉身向施瓦布林，指示發給我通行證，好通過他轄下的關卡與要塞。施瓦布林徹底被擊垮，站在那兒，呆若木雞。普加喬夫前去巡視要塞，施瓦布林伴隨而去，我則藉口準備遠行，而留了下來。

我奔往瑪莎屋裡。大門已鎖上。我敲敲門。「誰啊？」芭菈什卡問道。我報了名。門裡傳來瑪莎小姐悅耳的聲音：「等等，彼得。我在換衣服。你到阿庫莉娜·潘菲洛芙娜那兒，我馬上就到。」

我照她的話，便往格拉西姆神父家裡去。神父與太太都跑出門來迎接。原來薩維里奇已先通知了他們。「您好啊，彼得，」神父太太說，「上帝讓我們再見面啦。您別來可好？我們天天都在惦念著您哪。沒您在這兒，瑪莎小姐可吃了不少苦頭，我這可憐的丫頭。……您倒說說，我的爺啊，您這是如何把普加喬夫應付得服服帖帖的？他怎會沒要您的老命呀？真是善事一樁，這倒要感謝那土匪呢。」「夠啦，老太婆，」格拉西姆神父打岔說道，「妳知道啥，別一個勁地胡說。話太多，沒啥好處。彼得少爺！請進，歡迎賞光。我們好久好久沒見面啦。」

神父太太把什麼東西都拿出來招待我，同時嘴裡絮絮叨叨地，說個不停。她對我說：施瓦布林如何逼迫他們交出瑪莎小姐；瑪莎小姐哭哭啼啼地，不願離開他們；瑪莎小姐一直和他們保持聯繫，都是透過芭菈什卡，芭菈什卡這女孩挺機靈的，總能把那個士官使喚東使喚西的；她又如何出主意，要瑪莎小姐寫信給我，等等。而我也把自己的際遇，向她簡短交代。神父與太太一聽，普加喬夫對他們的謊言已心知肚明，連忙畫了畫十字。「上帝保佑呀！」阿庫莉娜·潘菲洛芙娜說道，「願上帝讓災難早日過去。至於那施瓦布林嘛，沒啥好說的，十足的壞蛋！」這時門打了開，瑪莎小姐走了進來，蒼白的臉上掛著一抹微笑。她已脫去農家裝束，穿得像往常一樣，簡單卻好看。

我抓住她的手，久久不能言語。我們兩人都滿心激動，說不出話來。神父和太太覺得他們在此是多餘的，便自行離去，只留下我們。什麼都拋到九霄雲外，話匣子一打開，我們怎麼談也不嫌多。瑪莎小姐對我傾述要塞失陷以來她所經歷的種種遭遇；她對我娓娓道來，她處境是如何驚恐，卑鄙的施瓦布林如何加諸她種種的磨難。我們也憶起往日的幸福時光……兩人都淚流滿面……最後我跟她說出我的打算。要塞既然落入普加喬夫手中，並由施瓦布林管轄，此地她已不能多留。至於奧倫堡，想都別想，因為奧倫堡陷於重圍，正面臨種種災難。

她在世上又舉目無親。我提議她到鄉下，到我父母那兒。起初她頗為猶豫，因為她知道我父親對她並無好感，讓她忐忑不安。我安慰一番，這才讓她放心。我知道，能收容一個為國捐軀、有功軍人的女兒，父親將會視為是一種榮耀，也是一種義不容辭的責任。「心愛的瑪莎小姐！」我最後說道，「我視妳為妻子。奇妙的際遇牢不可分地把妳我結合在一起，天下再也沒什麼可以把我們拆散。」瑪莎小姐落落大方地聽完我說話，不故作嬌羞，不扭捏作態。她感覺，她的命運已經與我連結一起。不過，她再次說道，只有徵得我父母同意，她才能嫁我為妻。我並未表示異議。我們熱烈、真誠地一吻——我們之間的事就如此說定。

一個鐘頭過後，一名士官給我送來通行證，上面有普加喬夫歪歪扭扭的簽字，士官並叫我去見普加喬夫。我看到他時，他已準備好上路。這樣一個可怕的人物，除了我以外的每個人都把他看作惡魔，看作凶犯，在與他分手的一刻，我心中的感觸非筆墨所能形容。為何不實話實說呢？此時此刻，我對他充滿強烈的憐憫。我熱切地希望能拉他一把，讓他脫離他所領導的賊窩，趁還來得及的時候，保住他項上人頭。施瓦布林與群眾簇擁在我們四周，讓我無法盡吐心中所思所想。

我們友好地互相道別。普加喬夫看到阿庫莉娜·潘菲洛芙娜也在人群中，比比手指作嚇唬狀，再意有所指地擠擠眼睛，然後坐上馬車，下令前往別爾達鎮，當馬車一啟動，他又從馬車探出頭來，對我喊道：「別了，閣下！沒準我們哪天還會再見面。」後來我們確實再見面，可是怎會是那種場合呀！……

普加喬夫離開了。我久久地眺望著白茫茫的草原，他的三頭馬車飛奔遠去。人潮散去，施瓦布林也不見身影。我回到神父家裡。一切都已打點妥當，準備上路。我不願多作逗留。我們所有行囊都已裝上司令家那輛老舊馬車。車夫不一會兒功夫就把馬兒套上馬車。瑪莎小姐到墳前向父母道別，他們就下葬在教堂後面。我原想陪她去，她卻要我讓她一個人前去。幾分鐘之後，她便回來，沉默不語，臉上兀自淌著淚水。馬車已經備妥。神父與太太走到門階。瑪莎小姐、芭菈什卡和我三人坐上馬車，薩維里奇則登上馭座。「再會啦，瑪莎小姐，我可愛的姑娘！再會啦，彼得少爺，我們的好兒郎！」好心的神父太太說道，「一路順風！願上帝保佑你們倆幸福美滿！」我們出發了。我看到施瓦布林就站在司令家裡的窗邊，滿臉露出陰沉、怨恨的神情。我不想在手下敗將面前表現出勝利者的姿態，便把眼神投向另一邊。終於我們奔出寨門，永永遠遠離白山要塞而去。

第 十 二 章

第 十 二 章

第十三章

牢獄之災

「閣下，請別動怒：職責所在，
我必須即刻將您打入大牢。」
「請便，我去便是；惟有一求，
請讓我先把事情說分明。」

——克尼亞日寧[1]

今晨我還為心愛女子憂心忡忡，現在出人意表地竟與她聯袂而行，我自己都不敢相信，以為這一切都是夢幻泡影。瑪莎小姐若有所思地，一下看看我，一下看看去路，似乎，驚魂未定，還未回神。一路無語，我們的心都已疲憊不堪。不知不覺，過了約莫兩個鐘頭，我們來到最近的一個要塞，還是屬於普加喬夫的勢力範圍。我們便在這兒更換馬匹。瞧他們套馬時手腳的俐落，再瞧被普加喬夫任命的司令，一個哥薩克大鬍子，對我忙不迭地大獻殷勤，我心知肚明，這準是替我們趕車的那個馬夫多嘴，讓他們把我當成普加喬夫身邊的紅人。

我們繼續趕路。天色漸暗。我們來到一個小城，據那位大鬍子司令的說法，這兒駐紮一支精銳部隊，就要去和假皇帝會合。我們被哨兵攔了下來。他們問道，車上有什麼人？車夫用洪亮的聲音回答：「是皇上的教親跟他的夫人。」突然，一群驃騎兵朝我們圍了上來，來勢洶洶地一陣叫罵。「下車，什麼鬼教親的！」一位蓄著小鬍子的士官對我說，「這就讓你和你老婆知道厲害！」

我走下馬車，要求帶我去見他們長官。這群士兵見我是軍官，隨即停止叫罵。士官帶我去見一位少校。薩維里奇跟在我身邊，寸步不離，嘴裡卻喃喃自語：「這算哪門子皇上教親！才下賊船，又進黑店……主啊！這一切要如何了呀？」馬車跟在我們後頭。

五分鐘過後，我們來到一間小房子，燈火通明。士官把我交給哨兵，自己進入通報。他隨即返回，告訴我，他的長官沒功夫見我，下令先把我打下大牢，並把太太帶去見他。

「這什麼意思？」我狂怒地大叫，「難不成他瘋了？」

「我不知道，先生，」士官回答，「少校大人只交代把您送交牢房，而夫人帶到他那兒，先生！」

我往門階衝去，哨兵也沒想要把我攔住，於是我逕自來到一間房間裡，那兒有五、六名驃騎兵軍官在賭錢。少校正在發牌。我看了他一眼，大感錯愕，我認出他竟是伊凡·伊凡諾維奇·祖林，就是當初在辛比爾斯克小客棧贏我錢的那個人！

「這怎可能？」我大聲叫道，「祖林先生！是你嗎？」

「哎呀呀，彼得啊！是什麼風把你吹來的？你從哪兒來的？你好啊，老弟。要不要來玩牌？」

「謝啦。你最好還是叫人給我找個住所吧。」

「你要什麼住所？就住在我這兒吧。」

「不行，我不是一個人。」

1 本段題辭雖署名為十八世紀俄國劇作家——克尼亞日寧（Я. Б. Княжнин, 1742–1791），其實是普希金模仿克尼亞日寧的作品。

「嗯，那叫你的夥伴也住到我這兒。」

「我不是跟夥伴，我跟……一位女士。」

「跟一位女士！你打從哪兒勾搭上的？嘿嘿，老弟呀！」說著說著，祖林還吹起口哨，表情俏皮生動，所有人都為之哈哈大笑，我卻一臉尷尬。

「嗯，」祖林又說，「那就這麼辦。給你找個住所。不過很遺憾……我們本來還可以按老規矩吃喝一頓哪……喂！夥計！怎麼不把普加喬夫的女教親帶過來？還是她執拗不肯？告訴她，要她不用怕，我們這兒老爺好得很，不會讓她受委屈，還要跟她多親近呢。」

「你這說什麼話？」我對祖林說道，「哪來普加喬夫的女教親？那是已故米羅諾夫上尉的女兒。我把她救出囚籠，現在要送她到我父親鄉下，把她安置在那兒。」

「原來如此！他們剛剛向我通報的就是你嗎？天啊！這是怎麼一回事？」

「待會兒再一五一十告訴你。現在，看在上帝分上，好好安撫可憐的姑娘吧，她可被你那些驃騎兵嚇壞了。」

祖林隨即處理。他親自跑到屋外，向瑪莎小姐表示歉意，說這完全是無心的誤會，並指示那位士官給她找個城裡最好的住所。我則留在祖林那兒過夜。

我們用過晚餐，等到只剩我們兩人時，我便跟他說起我的奇遇。祖林聚精會神地聽著。當我說完，他搖搖頭說道：「老弟，一切都很好，就是有一樣不好：幹嘛鬼迷心竅要結婚？我是很老實的軍官，不想騙你。相信我，結婚是荒唐事。得啦，你何必去為老婆折騰，又為孩子們操心？哎，算了吧！聽我的話，甩掉那上尉的女兒吧。往辛比爾斯克的道路已讓我掃清，安全無虞。明天把她一個人送到你父母那兒，你自己就留在我這部隊裡。你也不用回奧倫堡了。要是再落入亂賊手裡，未必還能脫得了身。這樣你那結婚的蠢念頭自然也就消失無蹤，一切都會順順當當的。」

儘管我不完全同意他的說法，但是覺得，基於軍人的天職，我必須留在女皇的軍隊裡。我決定聽從祖林的建議，把瑪莎小姐送到鄉下，我自己則留在他部隊裡。

薩維里奇過來幫我寬衣。我跟他說，要他明日帶著瑪莎小姐上路。他又發起倔脾氣。「你怎麼啦，少爺？我怎能拋下你？誰來伺候你呢？老爺和夫人會怎麼說呀？」

我知道老人家脾氣拗，只能想辦法對他動之以溫情與誠心。「你是我的好朋友，薩維里奇！」我對他說，「為我做做好事吧，不要拒絕我。我在這兒不用人伺候，但要是瑪莎小姐在路上沒有你，我可不放心。你伺候她，就是伺候我，因為我已打定主意，只要時局一好轉，就娶她為妻。」

這時薩維里奇舉起雙手輕輕擊掌，一臉難以形容的驚愕。

「娶妻！」他重複說道，「小孩子要娶妻啦！老爺要怎麼說，夫人要怎麼想呢？」

「等他們認識瑪莎小姐後，就會同意，一定會同意的。」我回答，「我還指望你呢。我爹娘都信得過你。你會為我們說情的，不是嗎？」

老頭兒受到感動。「呵，我的彼得少爺！」他回答，「你想娶媳婦雖然稍微早了點，不過，瑪莎小姐確實是個好姑娘，要是放過這好機會，簡直太罪過了。就依你的吧！這樣天使般的女孩，我就送她吧，我也會恭恭敬敬稟報你爹娘，這麼好的媳婦不用嫁妝的。」

我謝過薩維里奇，便睡到祖林房裡。由於情緒激動、亢奮，我說話不免滔滔不絕。祖林剛開始和我聊天還很起勁，漸漸地話越來越少，並且沒頭沒尾的。最後，他不回答我的問話，便鼾聲大作，並夾帶噓聲。我也不再說話，很快就跟他一樣進入夢鄉。

翌日，我來到瑪莎小姐那兒。我跟她說明自己的想法。她認為合情合理，便一口同意我的意見。祖林的部隊這一天就要出城。不能再耽擱了。我這就與瑪莎小姐道別，並把她托付給薩維里奇，並將一封給父母的信交給她。瑪莎小姐不禁哭了出來。「再見，彼得！」她低聲說道，「我們是否能再相見，只有上帝知道。但是我一輩子也不會把你忘記，到死我心裡也只有你一人。」我無言以對。我們四周眾人圍繞。我不願眾目睽睽之下洩漏情感，雖然我內心洶湧澎湃。終於她乘車離去了。我回到祖林身邊，滿腹愁腸，一言不語。他想讓我開心，我也想排遣內心煩悶，於是我們熱熱鬧鬧、無拘無束地度過一天，到晚上便開拔出征。

這時是二月末。不利大軍行動的冬季即將過去，我們那些將領準備協同作戰。普加喬夫仍是兵圍奧倫堡城下。在此同時，普加喬夫四周也有政府部隊在集結，並從四面八方逼近亂匪巢穴。一見我們大軍到來，參與叛亂的村落便紛紛歸降。各處匪幫四下逃竄，種種跡象顯示，我們即將大功告成。

沒多久，戈利欽公爵在塔吉謝夫要塞附近，重創普加喬夫，擊潰他的人馬，解了奧倫堡之圍，似乎給予亂賊最後的致命一擊。這時，祖林奉命征討叛亂的巴什基爾匪幫，其實不等與我們照面，他們已四下潰散。哪知春天卻把我們困在一個韃靼小村莊。河流氾濫，各地道路無法通行。雖然我們無所作為，但想到這場與亂匪和野蠻人既無趣、又無意義的戰爭很快就要收場，大家都很欣慰。

但普加喬夫並未落網。他出現在西伯利亞一些工廠，在那兒糾結了新的幫眾，重新作亂，再度傳來他節節獲勝的消息。沒多久，又有傳聞，喀山失手，假皇帝人馬正進軍莫斯科，讓部隊長官都驚慌失措，他們本來是高枕無憂，以為叛軍不堪一擊，已無力再戰。這時祖林奉命越過伏爾加河[2]。

對於我們大軍出征與戰爭的結局，不再細表。只簡單指出，災難是慘不忍睹。我們路過不少村落，都已遭亂匪蹂躪，我們又不得不將這些可憐居民搶救下來的物資強行奪走。到處是無政府狀態，地主紛紛躲到森林裡。匪幫四處作亂；各部隊將領恣意妄為，任意賞罰；廣大邊區烽火四起，景象淒慘……但願上帝不要讓俄羅斯再看到這種毫無意義、殘酷無情的動亂！

普加喬夫在伊凡．伊凡諾維奇．米赫爾森[3]追擊下，一路逃竄。沒多久，我們獲知，普加喬夫遭到徹底擊潰。終於，祖林接到消息，說是假皇帝已遭逮捕，同時接獲命令停止追擊。戰爭於是結束。我終於可以回到爹娘身邊！一想到可以擁抱雙親，見到音訊全無的瑪莎小姐，我就興奮不已。我像孩兒般又蹦又跳。祖林聳聳肩膀，大聲笑道：「得了，你不會有好下場的！一結婚啊——什麼都完啦！」

不過，這時候有種奇怪的感覺讓我大為掃興：我一想到這個雙手沾滿眾多無辜亡魂鮮血的匪徒，想到他即將遭到處決，不由得讓我難過不已。「普加喬夫呀，普加喬夫！」我懊惱地想著，「你怎沒讓尖刀刺死，讓子彈擊斃呢？你別想有更好的下場了。」我又能如何呢？一想到他就讓我想到，在他人生叱吒風雲的一刻曾有恩於我，曾從卑鄙齷齪的施瓦布林手中解救我的未婚妻。

祖林讓我休假。再過幾天，我就可以回到家裡，再見到我的瑪莎小姐……豈知突來一個晴天霹靂當頭打下。

預定出發的那天，我正準備上路的一刻，祖林進了我的小屋，手握一張公文，滿臉憂色。什麼東西在我心頭一扎。我自己也不知所以然，卻大為惶恐。他支開我的勤務兵，表示找我有事。「怎麼一回事？」我心裡忐忑不安地問道。「一件讓人不快的小事，」他說道，並把公文遞給我，「看看我剛收到的東西。」我接過一看，原來是一道密令，指示各部隊司令，無論我人在何處，務必將我逮捕，並即刻押送喀山，交付普加喬夫一案偵查委員會。

2 在此之後本有一段文字，詳細描寫主人翁率先渡河，單槍匹馬返鄉解救父母與瑪莎的情節，卻在《上尉的女兒》最後定稿中，遭普希金刪除。但這段文字以〈刪略一章〉為標題，保存於普希金的草稿中，後來很多俄文版本都將這〈刪略一章〉作為附錄，刊登於《上尉的女兒》結尾之後。

3 伊凡·伊凡諾維奇·米赫爾森（Иван Иванович Михельсон, 1740–1807），十八世紀俄國名將，軍旅生涯屢建戰功，其中又以對普加喬夫多次戰役的重大勝利而聲名大噪，因此列入俄國史冊。

這張公文差點沒從我手裡掉下。「莫可奈何！」祖林說，「職責所在，必須服從命令。看來，你和普加喬夫熱絡地乘車共遊，不知怎地，傳到官府耳裡。希望這事不至於有什麼嚴重後果，你能向委員會證明清白。不要洩氣，你就去吧。」我的良心光明正大，不怕受審，但想到我跟瑪莎的甜蜜相會將要延後，或許，還一延就數月，我又覺得可怕。馬車備妥，祖林友善地與我道別。我被押上馬車，跟我坐上車的還有兩名驃騎兵，手中馬刀出鞘，於是，我們便往大路奔馳而去。

第 十 三 章

第十四章

對簿公堂

世間的流言——
海上的巨浪。

——諺語

我深信，我一切只罪在擅自離開奧倫堡。我能很容易證明清白，因為單槍匹馬殺向敵軍不僅從未被禁止，還會受到大聲讚揚。我可能會被判定輕舉妄動，而非違抗軍令。不過，我和普加喬夫的友好關係已是有目共睹，可能會讓很多人指證歷歷，至少是讓人覺得極其可疑。一路上，我都在思索即將面對的各種審問，考慮如何回答，並決意在法庭上實話實說，認為這是證明自己清白最簡單、也是最可靠的方法。

我來到飽受戰爭蹂躪、大火摧殘的喀山。一條條街道不見房子，只見一堆堆木炭，和一堵堵不見屋頂與窗戶、被火燻得黑黑的斷垣殘壁。這都是普加喬夫留下的痕跡！他們把我帶到這個毀於烽火的城市中倖存的城堡。兩名驃騎兵把我交給值勤軍官。他吩咐叫來鐵匠，把我扣上腳鐐，並結結實實地釘緊，然後帶到牢房，把我一個人丟在狹小、陰暗的牢舍，這牢舍只見光禿禿的牆壁，以及一面豎立著鐵欄杆的小窗戶。

這樣的開場讓我感到大事不妙。不過，我既沒灰心，也未喪志。我訴諸所有苦難中人自我安慰的方法，用一顆純潔真摯、受盡折磨的心靈，向上帝祈禱，這時我首次體會到禱告的甜美，不再憂心自己後事如何，便安然入睡。

第二日，獄卒把我叫醒，表示委員會傳訊我。兩名士兵押著我，穿過庭院，走進司令屋子，在前廳停下腳步，讓我一個人進入裡面的房間。

我走入相當寬敞的大廳。一張桌子堆滿卷宗，旁邊坐著兩人：一個是上了年紀的將軍，面容嚴厲、冷峻；還有一個年輕的禁衛軍上尉，年約二十八，外表帥氣，舉止俐落、瀟灑。窗口特地擺著一張桌子，坐著一名書記官，耳上夾著一枝筆，低頭對著一張紙，準備好記錄我的口供。審問開始。他們問了我的名字與軍階。將軍詢問我是不是安得烈·彼得羅維奇·格里尼約夫的兒子？並對我的答覆表現不屑的樣子，嚴厲說道：「可惜啊，如此可敬的人物竟然有如此不肖的兒子！」我心平氣和地回答，無論我身負如何罵名，希望能讓我坦白交代來龍去脈，證實自己的清白。我表現得自信滿滿，讓他不大高興。「你啊，老弟，機靈得很，」他皺皺眉頭，對我說道，「不過，你這種人我們可見識過啦！」

於是年輕軍官問我，什麼機緣與什麼時候我開始效命普加喬夫，以及我被指派什麼差事。

我滿腔怒火地答道，身為一位軍官與貴族，我豈能效命普加喬夫，豈能接受他任何差事。

審訊軍官反駁說，「那又為什麼所有同僚都遭殘殺，唯獨你這個軍官與貴族卻被那假皇帝赦免？為什麼你這個軍官與貴族竟熱熱絡絡地和反賊飲酒作樂，還接受賊首的禮物、大衣、馬匹以及五十戈比的錢幣？哪來這種特殊的交情？如果這種交情不是因為你的叛國，或者至少是因為你卑鄙無恥、罪孽深重的懦弱，那又算什麼？」

禁衛軍官的這番話讓我深感屈辱，於是我激動地開始為自己辯護。我述說，我當初如何在暴風雪的草原中結識普加喬夫；在白山要塞失守時，他如何認出我，並饒我一命。我又說道，假皇帝的皮襖與馬兒，確實，我是毫不覺慚愧就收了下來；不過保衛白山要塞時，我抵抗匪徒是堅持到底。最後，我提到我的將領，他能指證在奧倫堡被圍困的艱難時刻我所表現的忠誠。

這時，那位神情嚴厲的老將軍，從桌上拿起一張拆開的信紙，大聲念了起來：

有關閣下來函詢問格里尼約夫准尉涉嫌參與此次叛亂，結交亂匪，有違職守，背棄軍人誓言一案，本人謹答覆如下：該格里尼約夫准尉自去年，也就是一七七三年十月初至今年二月二十四日，服役於奧倫堡，他於今年二月二十四日擅自出城，至今尚未返回本人麾下。據降匪供稱，該員曾出現於普加喬夫營寨，並與普加喬夫共同前往該員曾經服役之白山要塞。至於該員之所有作為，本人僅能……

念到這裡，他厲聲對我說道：「現在你要如何自圓其說？」

我原本有意繼續像開頭其他事情一樣，如實說出我與瑪莎小姐的關係。但是忽然內心產生一種難以抑制的厭惡情緒。我浮現一個念頭：要是我說出瑪莎的名字，那委員會一定要傳她問話。一想到她的名字會與惡人的齷齪謠言糾纏不清，又要讓她本人與他們對質，我就覺得可怕，毛骨悚然，於是說起話來，躊躇不已，語無倫次。

兩位軍法官聽我答話之初，似乎對我還帶些好感，但這時見我一臉困窘，再度對我產生先入為主的惡感。禁衛軍軍官要我與主要告密者當面對質。將軍下令傳喚「昨日那位匪徒」。我隨即轉頭面向門口，等待告密者的出現。幾分鐘過後，響起腳鐐聲，打開了門，走進來——施瓦布林。看他模樣大變，我非常驚訝。他骨瘦如柴，一臉蒼白。不久前的他還滿頭烏黑頭髮，現已完全灰白；長長的鬍子則蓬鬆零亂。他重述一次對我的指控，聲音雖然微弱，卻也堅定。據他所言，我是普加喬夫派遣到奧倫堡的奸細，每日出城交戰，其實是在傳遞書面消息，洩漏城裡情報，最後甚至公然投靠假皇帝，跟他巡視各處要塞，並百般陷害投敵的舊日同僚，以取代他們的職位，博取假皇帝的賞識。我默默聽著他把話說完，對一事還感到滿意：這齷齪的惡賊並未提及瑪莎小姐的名字，不知是因為瑪莎曾輕蔑地拒絕過他，讓他一想到瑪莎就會自尊受損，還是他內心裡跟我一樣，隱藏著愛情火花，而沒把真相洩漏，——無論如何，白山要塞司令女兒的名字在委員會的偵訊中隻字未提。我這時更是心意已決。因此，當軍法官問道，對於施瓦布林的供詞，我如何辯解，我回答，我維持原來的陳述，對於證實自己清白一事，已沒有別的話好說。將軍下令把我們帶下。我們走在一起。我心平氣和地看了一眼施瓦布林，但未發一語。他臉露惡毒的笑容，抬起腳鐐，走在我前面，加速腳步而去。我又被打回大牢，之後再也沒受到審訊。

有些我要向讀者交代的情節，雖然不是我親眼所見，卻是我耳熟能詳，連一些枝枝節節都烙印在我腦海，宛如我無形中曾身臨其境。

瑪莎小姐受到我爹娘熱情款待，這是老一輩人的特質。有緣收留並善待一個不幸的孤女，他們視為是上帝恩典。沒多久，爹娘便由衷地喜歡這女孩，因為只要認識這女孩，沒有不喜歡的。父親不再把我的戀情視為一場胡鬧，母親則一心期盼，她的寶貝彼得能娶得這可愛的上尉的女兒為妻。

我遭逮捕下獄的消息傳來，全家人大為震驚。瑪莎小姐向我爹娘從實說出我與普加喬夫的離奇際遇，這不但沒讓他們感到不安，反而連連把他們逗得開懷大笑。老爹怎麼也不相信，我會參與可恥的叛亂，這叛亂可是以推翻沙皇、消滅貴族為目標啊。他很認真地質問薩維里奇。老僕沒有隱瞞，說少爺幾次見過普加喬夫，也很受這賊子的賞識；然而，老僕也對天發誓，表示從未聽說少爺有任何變節情事。於是家中兩老才大為放心，迫不及待傳來好消息。瑪莎小姐則憂心忡忡，卻沒有多說，因為她天性非常謹言慎行。

過了幾個禮拜……突然，父親接獲我家親戚 B 公爵從彼得堡的來信。公爵向父親寫到我的消息。幾句客套的開場之後，他便告知父親，有關我涉嫌參與暴動分子謀反一案，很不幸，證實確有其事，並且我本應受死刑處分，以儆效尤，但女皇陛下念及父親功在國家且年紀老邁，決定對帶罪的兒子開恩，免除可恥的死刑，僅下旨發配西伯利亞遙遠邊疆，終身流放。

這突如其來的一擊差點要了父親的老命。他失去往日的堅強，以前再怎麼傷心難過，也是不動聲色，如今則唉聲歎氣，大吐苦水。「這算什麼！」他嘴裡不由自主地念念有詞，「我兒子參與普加喬夫的造反！公正的上帝呀，我怎麼落到這步田地！女皇陛下免除他死刑！難不成我這樣就好過嗎？可怕的哪是死刑啊：我的先祖為了捍衛良心上最神聖的東西，而送命在刑場；我的父親跟沃倫斯基與賀魯曉夫[1]一起遇難。但是一個貴族竟然違反誓言，勾結盜匪、殺人犯、亡命的奴才！……簡直是我們家族的奇恥大辱！……」母親見父親如此傷心絕望，驚駭不已，卻沒敢當著他的面掉淚，還想方設法振奮父親的精神，說是傳言未必可靠，又說人們說法老是反覆不定。但我的父親並未因此而釋懷。

瑪莎小姐內心的煎熬超過所有人。她堅信，只要我願意，我一定能洗刷罪名，所以她揣摩事實情況後，便認定她自己是造成我不幸的罪魁禍首。她躲著所有人難過掉淚，同時也一直苦思營救我的辦法。

有個晚上，父親坐在沙發，東翻西翻《宮廷年鑑》；其實他的心思已在遠方，因此這次閱讀年鑑沒有產生像往常一樣的反應。他用口哨吹著古老的進行曲。母親默默編織著毛衣，眼淚不時涔涔落在毛衣上。瑪莎小姐原來也坐在這兒做針線活，突然表示，她必須去一趟彼得堡，並要求給她打點路上所需。母親很是難過。「妳去彼得堡做什麼？」她問，「瑪莎小姐，難不成妳也要離我們而去？」瑪莎小姐回答，這次遠行關乎她未來的命運，她將以一個為國捐軀的軍人的女兒身分，前去尋求有力人士的庇護與協助。

父親垂下頭：任何一句話讓他想起兒子所謂的罪名，他聽了都會痛苦難堪，覺得就像是鋒利無比的責難。「去吧，親愛的！」他嘆氣說道，「我們也不想耽誤妳的幸福。願上帝保佑妳找個好人家，而不是聲名掃地的賣國賊。」他站起身，便走出房外。

瑪莎小姐跟我母親留在屋裡，於是她把自己的打算多多少少向我母親作說明。我母親噙著淚水抱了抱她，並祈禱上帝，保佑她的計劃會有圓滿結果。家人為瑪莎小姐張羅出門所需，幾日過後，她便上路了，帶著忠心的芭菈什卡與忠心的薩維里奇隨行。薩維里奇是不得已才離開我身邊，一想到服侍的是我未婚妻，心裡也稍感安慰。

瑪莎小姐一路順利，來到索菲亞鎮[2]。她在驛站獲知，皇室家族此時正在沙皇村，便決定在這兒逗留。人家給她安排驛站角落的一個小隔間。驛站長太太馬上跟她聊上話來，說自己是宮廷燒爐工人的侄女，並透露給她宮廷裡的種種秘辛。驛站長太太詳細描述：女皇每天幾

1 沃倫斯基（А. П. Волынский, 1689–1740）是安娜女皇（Анна Иоанновна, 1693–1740）的內閣大臣；賀魯曉夫（А. Ф. Хрущёв, 1691–1740）是沃倫斯基的好友暨助手。安娜女皇在位期間（一七三〇——一七四〇），甚少親理朝政，大權交給寵臣——日耳曼伯爵畢隆（Эрнст Иоганн Бирон, 1690–1772）。畢隆則大量引進日耳曼人，位居要津，排擠俄羅斯貴族，並大肆搜刮財富，敗壞朝政。沃倫斯基與賀魯曉夫因反對畢隆專權，於一七四〇年六月二七日，被控圖謀政變，遭處死刑。

2 索菲亞（София）是沙皇村（Царское Село）附近的一個小鎮。沙皇村位於彼得堡南方二十四公里處，是沙皇家族夏宮所在地。如今沙皇村已改名為普希金市（Пушкин）。

點起床、幾點喝咖啡、幾點散步；有哪些大臣隨駕、她昨日用膳時說些什麼、晚上又接見了誰，——總之，安娜．符菈絲耶芙娜所說的寫入歷史紀事，足夠好幾頁，對後人也算是珍貴的史料。瑪莎小姐聽得聚精會神。她們走往花園。安娜．符菈絲耶芙娜點點滴滴地說明每條林蔭小徑、每座小橋的典故，然後，她們痛快玩罷，便返回驛站，彼此都很投機。

第二天一大早，瑪莎小姐醒來，穿好衣服，便悄悄前往花園。這是一個亮麗的早晨，陽光照著已被清冷的秋風吹黃的菩提樹梢。開闊的湖面金光閃閃，悄然不動。剛甦醒的天鵝紛紛從遮蔽河岸的灌木叢裡，昂首挺胸地游了出來。瑪莎小姐往如茵的草地邊走去，草地上剛剛才建立一座紀念碑，紀念彼得．亞歷山大羅維奇．魯緬采夫伯爵新近所打下的幾場勝仗[3]。突然，一隻英格蘭品種的小白狗汪汪地吠了起來，並朝她飛奔而來。瑪莎小姐大吃一驚，頓時停下腳步。這時傳來一個悅耳的女子聲音：「不用怕，牠不會咬人。」於是瑪莎小姐看到一位貴婦坐在紀念碑對面的長凳上。瑪莎小姐便坐到長凳另一端。貴婦對她凝神端詳，瑪莎小姐也用眼角向貴婦瞄了幾眼，把她從腳到頭打量仔細。她身穿白色晨衣、皮背心，頭戴睡帽；年紀約莫四十，臉頰豐腴、紅潤，神情威嚴、安詳，藍藍眼睛與淺淺笑容帶有難以形容的魅力。貴婦首先打破沉默。

「妳，看來，不是本地人？」她說。
「沒錯。我昨天剛從外省來到這兒。」
「妳跟爹娘來的？」
「不是，我自個兒來的。」
「自個兒！可是妳年紀還那麼輕呢。」
「我沒爹，也沒娘。」
「妳到這兒來，當然，有什麼事情吧？」
「沒錯。我是來向女皇陛下請願的。」
「妳是孤女，想必是來申訴什麼不公不義的冤情吧？」
「不是，我來請求的是恩典，不是司法公義。[4]」
「容我請問，妳是什麼人？」

3 彼得·亞歷山大羅維奇·魯緬采夫（Пётр Александрович Румянцев, 1725–1796），是葉卡捷琳娜二世（也就是「凱薩琳大帝」、「凱薩琳女皇」）時代的名將。文中的勝仗指的是，魯緬采夫伯爵於一七七〇年間，率領俄國軍隊，以寡敵眾，在幾次重要戰役中擊敗土耳其大軍。因此，他於同年被冊封為陸軍元帥。

4 在基督教的價值觀裡，恩典是來自上帝，高於任何人類的法律規定與司法程序。因此，瑪莎小姐才會如此回答。

「我是米羅諾夫上尉的女兒。」

「米羅諾夫上尉！就是在奧倫堡一處要塞當過司令的那個嗎？」

「正是。」

貴婦似乎為之動容。她說話的聲音更顯親切：「請恕罪，要是我干涉到妳的家務事。不過，我常常在宮廷走動，妳有什麼請願，不妨跟我說，或許嘛，我能幫得上忙。」

瑪莎小姐站起身來，恭恭敬敬地向她表示謝意。這位貴婦素不相識，但一言一行無不擄獲瑪莎的心，讓瑪莎不由得產生信任感。瑪莎小姐從口袋裡掏出一張折疊整齊的請願書，遞給這位陌生的恩人，於是貴婦便讀了起來。

開頭她讀的時候，凝神專注，和顏悅色，但是，突然她神情大變，——瑪莎小姐目不轉睛地注意她的一舉一動，見到她的臉一分鐘前還那樣愉悅、安詳，剎那間卻變得如此嚴峻，不禁為之駭然。

「妳是為格里尼約夫求情？」貴婦問道，神情冷峻。「女皇是不會赦免他的。他投靠假皇帝，並不是因為無知與輕率，而是因為他是一個無恥下流、危害國家的惡徒。」

「哎呀，事實不是如此！」瑪莎小姐大聲叫道。

「怎會不是！」貴婦反駁，滿臉都漲紅。

「不是啊，真的不是！我知道事情的始末，我一五一十都告訴您。他全都是為了我，才遭受這一切厄運。要是他在公堂上沒能證明自己的清白，這就只有一個原因，就是他不願我受牽連。」於是她十分激動地詳細交待事情始末，這一切我的讀者都已經很清楚了。

貴婦很專注地聽她把話說完，然後問道，「妳在哪兒住宿？」她聽說瑪莎小姐是留宿在安娜·符菈絲耶芙娜那兒，微笑說道，「啊，知道了。再見吧，對於我們的相遇跟誰都別提。我相信，很快妳就會得到答覆。」

說著，她便站起身，走進有棚的小徑。瑪莎小姐滿懷歡欣與希望，回到安娜·符菈絲耶芙娜那兒。

屋主太太責怪她秋天一大早不該出去散步，說這會損害年輕女孩的身子。她拿來茶具，才想趁著喝杯茶時，沒完沒了地談起宮廷掌故，突然，一輛宮廷馬車停到門階前面，宮中侍役總管進來通報，女皇要召見米羅諾夫的閨女。

安娜·符菈絲耶芙娜大吃一驚，忙不迭地七嘴八舌。「哎呀，老天爺！」她大聲嚷嚷，「女皇陛下宣您進宮呢。她是怎麼知道您的？可是，小姐啊，您要怎樣晉見女皇陛下呀？我看啊，您連怎麼按宮庭禮儀走路都不會……要不我陪您去一趟？有什麼事情好歹我也能提醒您哪。再說，您穿著旅行服裝進宮哪行呀？要不要找人到接生婆那兒借來黃色禮服？」侍役總管表示，女皇要瑪莎小姐一人前去，而且穿著這身衣服就行了。無可奈何，驛站長太太只有千般叮嚀萬般祝福，才讓瑪莎小姐登上馬車，往宮中而去。

瑪莎小姐預感到決定我們命運的一刻即將來臨，她的心一下子怦然跳動，一下子又似乎要停止。幾分鐘過後，馬車便停在宮門外。瑪莎小姐戰戰兢兢地走上臺階。前面的宮門敞開著。她走過一排房間，都空蕩蕩的，卻是金碧輝煌。侍役總管給她帶路。終於，來到一道緊閉的門前，侍役總管表示他就去通報，留下她一個人在門口等候。

一想到要與女皇面面相對，她滿懷驚恐，好不容易才沒跌倒在地。沒多久，大門打了開，她走進女皇的梳妝室。

女皇坐在梳妝臺前。幾名御前侍從侍立在她周圍，態度恭敬地讓瑪莎小姐邁步向前。女皇向她轉過身來，滿臉和藹親切，瑪莎小姐認出竟是她幾分鐘前坦誠相告的那位貴婦。女皇要她走上前來，並微笑說道：「我很高興，能夠履行對妳的承諾，並實現妳的請願。你們的案子就此了結。我相信妳未婚夫的清白。這兒有一封信函，就請交給妳未來的公公。」

瑪莎小姐接過信函，手兒發顫，不禁哭了出來，跪倒在女皇腳下，女皇把她扶起，親吻了她。女皇並打開話匣子，和她暢談起來。「我知道，妳並不富裕，」女皇說道，「不過，我對米羅諾夫上尉的閨女有所虧欠。妳不用擔心將來。我會為妳安置家業的。」

女皇對不幸的孤女一番溫情撫慰之後，就讓她離去。瑪莎小姐搭乘原來那輛宮廷馬車回去。驛站長太太心焦難耐地等到她回來，便把一大籮筐的問題漫天撒下，瑪莎小姐只好勉強敷衍幾句。驛站長太太雖然對她的壞記性不甚滿意，但認為這是外鄉人個性靦腆使然，也就寬宏大量，不再計較。瑪莎小姐無心看幾眼彼得堡，當天便回鄉下去了……

※　※　※

彼得·安得烈伊奇·格里尼約夫的筆記就此結束。由他們家族的傳說可知，按女皇聖旨，彼得於一七七四年底獲釋出獄。又知，他也曾出現於普加喬夫受刑現場，普加喬夫在人群中認出彼得，還跟彼得點頭示意，這顆頭顱於一分鐘後斷氣，並血淋淋地展示眾人。之後沒多久，彼得便迎娶瑪莎小姐。他們的子孫在辛比爾斯克省過著幸福快樂的日子。離某地三十俄里處，有一個村莊，分屬十家地主。在其中一家地主的廂房裡，用玻璃鏡框展示著一封葉卡捷琳娜二世手諭信函。這封信是寫給彼得的父親，內容證實他兒子的清白，並讚揚米羅諾夫上尉的女兒聰明賢惠。彼得這份手稿我們是經由他的一位孫子手中取得，因為他獲知我們正在整理他爺爺所描寫的那個時代的著作。我們徵詢家屬同意後，決定單獨出版這部手稿，並在每章開頭附上一段適當題辭，同時，我們還很冒昧地變更了一些人物的真實姓名。

出版人

一八三六年十月十九日

199

第 十 四 章

附録

删略一章[1]

我們來到伏爾加河岸，大軍開進某村莊，安營紮寨，就此過夜。村長告訴我，對岸所有村莊都造反啦，普加喬夫匪幫四處活動。這消息讓我大為不安。我軍要等到第二天早晨才渡河，我卻已焦急難耐。父親的村子就在對岸三十俄里處。我問，能不能找到渡船。所有莊稼人都會捕魚，船多的是。我去找格里尼約夫，跟他說明自己的打算。「還是小心點，」他對我說，「隻身前往很危險。等到明日早晨吧。我們先過去探望你父母，還帶上五十名驃騎兵，以防萬一。」

我堅持己見。船隻找到了。我跟兩個船伕登上小船。他們解開纜繩，便划動船槳。

天空如洗，明月當空。空中無風——伏爾加河平穩、安詳地流動著。小船輕盈地漂蕩，快速地滑過黑壓壓的水波。我陷入遐想之中。過了約莫半個鐘頭。我們的船隻已來到江心……突然這兩個船伕開始竊竊私語。「怎麼啦？」我回過神，問道。「上帝才知道。」船伕回答，眼睛望向一方。我也往同一方向看去，在朦朧月色中見到有什麼東西沿著伏爾加河漂流而下。這不明物體朝我們這兒漸漸漂近。我吩咐船伕停船等著。月亮躲到雲後。漂浮水上的東西本

---

1 本章原為第十三章的一部分，在《上尉的女兒》於一八三六年出版的最後定稿中，被普希金刪除，但又被標題為「刪略一章」，保存於普希金草稿中。本章是後人在整理普氏遺作時才發現。不過，在這一章中，小說的主人翁「彼得·格里尼約夫」改稱為「彼得·布拉寧」，而「祖林」稱為「格里尼約夫」。

來就模糊，這時更看不清楚了。東西已經離我很近，可是我還無法看分明。「這是啥呀？」船伕說道，「帆不像帆，桅不像桅的……」突然，月亮從雲後露出臉來，照出一幅可怕景象。往我們迎面漂來的是一個木筏，上面豎立著一個絞刑架，橫木上懸掛著三具屍體。我一時感到一種病態的好奇，想要一睹受刑人的面孔。兩位船伕聽了我的吩咐，用船竿鉤住木筏。我們的船隻便撞到漂浮的絞架。我一躍而過，站在兩根可怕的木柱之間。明亮的月光照在受刑人扭曲變形的臉上。一個是楚瓦什老頭，一個是俄羅斯農民，二十來歲，年輕力壯的小夥子。豈知一看到第三個，我不由得大吃一驚，悲痛大叫：這是萬卡[2]。我可憐的萬卡，他因一時糊塗而投奔普加喬夫。他們頭頂上方釘著一塊木牌，上面老大的白色字體寫：「盜賊與暴徒」。兩名船伕用船竿注住木筏，淡然地望著，等候我的吩咐。我再次登上小船。木筏順流而下。朦朧月色中，黑壓壓的絞架仍然久久地隱約可見。它終於消失了，我的船隻也停靠在一個又高又陡的河岸……

我出手大方地給船伕付清船資。其中一位船伕帶我去見渡口附近村莊的村里幹事。我跟他走進一間小屋。村里幹事聽說我要馬兒，對我粗暴無禮，後來幫我帶路的船伕悄悄跟他說了幾句話，他忙不迭地轉倨為恭，殷勤有加。一會兒功夫，便備妥三頭馬車，我登上馬車，吩咐把我送往我們的村莊。

我的馬車奔馳在大路上，經過一座座沉睡中的村落。我一直擔心一件事，就是在路上被攔截。夜間我在伏爾加河上所見證實此地有反賊活動，但也證實政府軍正在強力反擊。萬一有什麼情況，我口袋裡既有普加喬夫發給的通行證，又有格里尼約夫出具的命令。哪知我什麼人也沒碰到，天還沒亮，我便見到河流與雲杉林，再過去就是我們的村子。車夫馬鞭一抽，一刻鐘後，馬車就進入村子。

我家宅院位於村子另一頭。馬兒全速奔馳。突然，就在街心，車夫勒住馬兒。「怎麼回事？」我不耐問道。「崗哨，老爺，」車夫答道，勉強才勒住狂奔的快馬。不錯，我見道路上有拒馬，還有一人站崗，手執木棍。那漢子走到跟前，脫下帽子，要求出示證件。「這是做什麼？」我問他，「這兒拒馬幹嘛？你給誰站崗啊？」「嘿，少爺，我們起義啦，」他搔搔腦袋，答道。

「那老爺跟夫人在哪裡？」我問道，一顆心都下沉了。

「我們老爺跟夫人在哪裡嘛？」那漢子重述一次答道，「老爺跟夫人在穀倉裡。」

2　萬卡這個人物在最後定稿的《上尉的女兒》中已被刪除。

「怎會在穀倉裡？」

「是地保，叫安得烈的，把他們關起來的，知道嗎，還給上了腳鐐，要押送到皇上那兒呢。」

「我的上帝！蠢蛋，挪開這拒馬。你還發什麼愣？」

這放哨的遲遲不肯動手。我跳下馬車，賞了他一個耳光（罪過呀！），便自己搬開拒馬。這位老兄還愣愣地望著我，不明所以。我又登上馬車，下令奔往東家大院。穀倉在大院裡。倉門緊緊上鎖，門前站著兩個漢子，也是手持棍棒。馬車停在他們的前面。我從馬車上一躍而下，朝他們奔去。「打開門！」我對他們說。我的樣子一定很嚇人。至少那兩名漢子是扔下棍棒，拔腿便跑。我試著要把鎖敲掉，把門撞開，但門是橡木造的，鎖也是很粗大，堅不可摧。這時從僕人的木屋裡走出一個身材勻稱的年輕莊稼漢，態度倨傲，一見我劈頭便問，哪來膽子在此大吵大鬧。「地保安得烈那小子在哪裡？」我對他喝道，「把他給我叫來。」

「我正是安得烈．阿法納西耶維奇大爺，不是什麼安得烈那小子。」他答道，雙手叉腰，一臉傲色，「有什麼事？」

我沒答話，一把就抓住他衣領，把他拖到穀倉門口，叫他開鎖。這地保原先執意不肯，但往日的威權式管教對他還是發揮作用。他掏出鑰匙，打開了門。我跨過門檻撲了進去，藉由屋頂狹小縫隙穿透進來的一點微弱光線，我在黑暗角落看到爹娘。他們都雙手被縛，腳套腳鐐。我衝上前去擁抱他們，說不出一句話來。兩老望著我，滿臉驚愕，——經過三年的軍旅生活，我模樣大變，他們一下子認不得我。娘猛然哎呀一聲，淚水涔涔而下。

突然，我聽到親切而熟悉的聲音。「彼得！是你啊！」我為之一愣……四下張望，在另一個角落看到瑪莎小姐，人也是被捆綁著。

父親一語不發地看著我，還不敢相信自己的眼睛。他臉上綻放喜悅的光彩。我忙不迭地用馬刀割斷他們的繩索。

「好呀，好呀，我的好彼得，」父親緊緊把我擁入懷裡，對我說道，「感謝上帝，終於盼到你啦……」

「好彼得，我的乖兒子，」母親不住喃喃，「你如何能來呀？你身體可好？」

我趕緊要把他們帶出囚禁之地，——豈知走到門口才發現，門又被鎖上了。「安得烈小子，」我大聲喊道，「給我開門！」地保從門外答道，「這哪能呀，你在這兒待著吧。我們這就教教你如何搗亂，如何拉扯朝廷命官的領口！」

於是我把穀倉四處巡視一番，看看有沒有什麼方法可以脫困。

「別費心啦，」老爹對我說道，「我這個當家的豈會如此粗心，在自家穀倉裡留個通道，讓小賊進進出出的。」

母親見到我回來才高興一會兒，現在看到我也要與家人同歸於盡，一下子又陷於絕望。倒是我回到家人與瑪莎小姐身邊之後，反而感到心安。我隨身帶著一把馬刀、兩把手槍，還能頂得住包圍。格里尼約夫應該可以在傍晚趕到，給我們解圍。我把這一切告訴雙親，也及時安撫了母親。我們便完全沉浸在久別重逢的喜悅當中。

「呵，彼得，」父親對我說道，「你胡鬧過一陣子，我也為你生了不少氣。不過，過去的事就甭提啦。希望你現在已改頭換面，安分守己了。我知道，你服役軍中，都不失正直軍官的本分。多謝了。你讓我老頭子很是欣慰。要是你能把我們救出去，那我一生更是加倍稱心如意了。」

我含淚親吻父親的手，再望向瑪莎小姐，她見到我出現，大喜過望，完全一副幸福、安心的樣子。

接近中午時刻，我們聽到一陣不尋常的叫囂聲。「怎麼回事？」父親說，「不會是你那上校趕到吧？」「不可能，」我答道，「不到傍晚他是不會到的。」喧囂聲越來越大。有人敲起警鐘。院子裡有幾人騎馬而來；這時從牆壁的小小窟窿探進薩維里奇花白的腦袋，我這可憐的老家人聲音戚戚地說道：「老爺，夫人，我的彼得少爺，還有瑪莎小姐，不好啦！惡賊進村了。可知道，彼得少爺，帶隊的是誰嗎？是施瓦布林，那見鬼的傢伙！」。瑪莎小姐一聽到這可恨的名字，便驚然擊掌，木然而立。

「聽著，」我告訴薩維里奇，「找人騎馬到渡河口，迎接驃騎兵團；也讓上校知道我們處於險境。」

「能找誰去呢，少爺！所有年輕人都造反啦，所有馬兒也被搶走了！唉呀呀！他們都已到了院子——正往穀倉走來啦。」

這時倉門外傳來好幾個人的說話聲。我不發一聲地示意母親與瑪莎小姐退到角落，便拔出馬刀，把身子貼近門後牆上。父親接過手槍，把兩隻手槍的扳機都扣上，站到我身旁。響起門鎖聲，大門打了開，地保的腦袋探了進來。我馬刀一揮，當頭劈下，他翻身倒地，堵住入口。這時，父親也朝門外開了一槍。那群人原來把我們團團圍住，這時都紛紛跑開，嘴裡罵聲連連。我把受傷的地保從門檻拖了進來，從裡面把門閂上。院子裡到處是人，都身帶傢伙。人群中我還看到施瓦布林。

「不要怕，」我對女眷說道，「我們有希望。還有，父親，您不用再開槍了。我們要珍惜最後一些彈藥。」

母親默默帝向上帝禱告著，瑪莎小姐站在她身旁，一臉天使般的安詳，等候命運對我們的裁決。門外不斷傳來恐嚇與咒罵。我站於原地，誰敢率先闖進，我已準備好讓他一刀畢命。突然，匪徒一片鴉雀無聲。我聽到施瓦布林的聲音，他在叫著我的名字。

「我在這裡，你想怎樣？」

「束手投降吧，布拉寧，你這抵抗是白費力氣。可憐可憐你們老人家吧。頑抗是救不了你的。我會把你們逮到的。」

「那就試試看，你這叛賊！」

「我可不會貿然硬闖，也不會白白犧牲自己的弟兄。我會下令火燒穀倉，到時瞧瞧你這白山要塞的唐·吉柯德怎麼辦。現在該吃午飯了。暫時就讓你蹲在裡面，趁機好好想想。再見啦，瑪莎小姐，我就不跟妳請罪了。妳在黑暗中有救美英雄相伴，想來不會寂寞才是。」

施瓦布林離開了，只在穀倉門口留人看守。我們默不作聲。每個人都各有所思，也不敢向別人透露自己的想法。我左思右想著，這個滿懷怨恨的施瓦布林可能採取哪些手段。對自己我幾乎毫不操心。要我坦白說嗎？讓我最驚恐的還不是爹娘，而是瑪莎小姐的下場。我知道，母親深得農民與家僕的愛戴，而父親雖然嚴厲，也是受人敬愛，因為他為人公道，了解手底下人們的疾苦。他們造反只是一時糊塗，而誤入歧途，並非發洩深仇大恨。想必他們會手下留情。倒是瑪莎小姐呢？那個下流無恥的人準備拿她如何呢？這可怕的念頭我不敢多想，卻有最壞打算，寧可一刀把她殺了，上帝恕罪，也不能眼睜睜見她再次落入凶殘仇敵之手。

又過了一個鐘頭左右。村子裡傳來人們酒醉的歌聲。看守我們的那幾個人對他們大為眼紅，卻怪罪我們，一邊咒罵，一邊恫嚇，說要把我們嚴刑拷打，凌遲處死。我們等候著施瓦布林的毒辣手段。終於院子裡一陣大騷動，我們又聽到施瓦布林的聲音：

「怎樣，你拿定主意沒？是否甘心束手投降？」

沒人回答。施瓦布林等了一會兒，便下令拿來乾草。幾分鐘過後，發出火光，照亮昏暗的穀倉，濃煙從門檻下方的細縫鑽了進來。這時瑪莎小姐走到我跟前，握住我的手，悄聲說道：

「算了，彼得！不要為了我毀了自己和雙親。讓我出去。施瓦布林會聽我的。」

「怎麼也不行，」我忿忿大喊，「妳可知道，他會拿妳如何嗎？」

「我不會忍受羞辱的，」她淡定地回答，「不過，或許，我能拯救我的恩人與如此大恩大德收容我這不幸孤女的一家人。別了，安得烈．彼得羅維奇老爺，別了，阿芙朵季婭．瓦西里芙娜夫人。你們待我何止恩重如山。祝福我吧。原諒我，彼得。請相信……」說到這兒，她哭了起來……兩手捂住臉……我簡直要瘋了。母親也掉著淚。

「別瞎說，瑪莎，」父親說道，「誰讓妳孤身一人到土匪那兒去！坐到這兒，別作聲。要死，也要死在一塊。聽聽，他們在那兒說些什麼？」

「投不投降？」施瓦布林大聲叫著，「瞧見嗎？再五分鐘就把你們燒死啦。」

「絕不投降，你這惡賊！」父親回答他，聲音堅定。

他那滿布皺紋的臉上這時顯露讓人驚奇的活力，精神抖擻，灰白眉毛下的一雙眼睛，炯炯發亮，威風凜凜。他轉身向我說道：

「現在是時候了！」

他打開大門。火舌一下子竄了進來，往上撲向滿布青苔的樑木。父親開了一槍，跨越燃燒的門檻，大喊一聲：「都跟我來。」我分別抓住母親與瑪莎小姐的手，迅速地把她們帶到門外。門檻邊倒臥著施瓦布林，他讓我父親那衰老的手一槍射個窟窿。一幫土匪沒料到我們突發攻勢，一時驚退，但很快又鼓起勇氣，朝我們圍了上來。我馬刀連連劈出，哪知飛來一塊磚頭，正中我的胸口。我翻身倒地，霎時失去知覺。甦醒過來時，便看到施瓦布林，坐在鮮血淋淋的草地上，我們一家人都在他面前。我被架起。一大群農民、哥薩克人、巴什基爾人把我們團團圍住。施瓦布林一臉慘白。

他一手按住受傷的身側，滿臉痛苦與怨毒。他緩緩抬起眼睛，看了看我，用微弱而含糊的聲音說道：

「把他絞死……全都絞死……除了她之外……」

一伙土匪馬上圍了過來，並叫囂著把我們拖往村子大門。可是，突然，他們又把我們扔下，一哄而散；這時只見格里尼約夫騎馬奔入大門，他身後整整一連的騎兵隊個各個都是馬刀出鞘。

亂賊四下逃竄；驃騎兵在後追趕，見人就砍，或抓為階下囚。格里尼約夫跳下馬背，向我爹娘行禮致意，並緊緊握了我的手。「我來得正是時候，」他對我們說，「好啊！這就是你的未婚妻呀。」瑪莎小姐刷地一張臉紅透耳根。父親走到他跟前，表示謝意，神情雖顯感動，卻還平靜。母親擁抱他，稱他為救命天使。「請光臨寒舍。」父親對他說道，就把他帶往我們家裡。

走過施瓦布林身旁，格里尼約夫停下腳步。「這是何人？」他問道，並打量著這個受傷的人。「這是帶頭的，這幫盜匪的頭目，」父親回答，露出一副老戰士的自豪，「上帝有眼，讓我這隻衰老的手掌懲治這年輕的賊子，也為我兒所流的鮮血報了一箭之仇。」

「他就是施瓦布林。」我告訴格里尼約夫。

「施瓦布林！好得很。弟兄們，把他帶走！還要叮嚀我們的醫生，幫他包紮傷口，把他看顧好，就像看顧我們的眼珠子一樣。務必把施瓦布林送往喀山的祕密委員會。他是要犯，他的口供一定很有用。」

施瓦布林張開疲憊的眼神。除了顯示肉體的疼痛，他面無表情。幾位驃騎兵把他裹在斗篷裡，便一把帶走。

我們走進屋裡。我四下打量，心裡一陣悸動，想起自己的幼年歲月。家裡一切都沒改變，所有東西都在老地方。施瓦布林沒讓人打劫我家，雖然他為人卑鄙，但對於貪圖他人錢財的不光彩行為，還是發自內心地厭惡。家僕都來到前堂。他們沒參與叛亂，並且衷心高興我們平安獲救。薩維里奇更是歡天喜地。不能不知，在匪徒對我們發動攻勢引起一陣慌亂的時候，他跑到馬廄，見到施瓦布林的馬匹也在那兒，便給馬兒上了馬鞍，悄悄牽出，並趁著混亂，神不知鬼不覺地騎馬飛奔渡河口。他碰到驃騎兵團，他們已越過伏爾加河，正在岸邊休息。格里尼約夫從他口中得知我們處境危急，隨即下令上馬，全軍飛奔——於是，感謝上帝，及時趕到。

格里尼約夫堅持，一定要把地保的人頭懸掛到酒館門前的高竿上，掛上幾個鐘頭展示眾人。驃騎兵追敵回來，逮到幾名俘虜。他們把俘虜關進穀倉，在那兒我們曾經經歷過讓人永難忘懷的圍攻。

我們各自回房。兩老需要休息。我整個晚上沒睡，於是往床上一倒，便沉沉入睡。格里尼約夫則去辦理自身公務。

晚上，我們聚會在客廳，圍坐茶炊邊，其樂融融地閒談，談起不久前生命還危在旦夕，現已如過眼雲煙。瑪莎小姐為大家斟茶，我坐在她身旁，一顆心只在她身上。爹娘看到我們兩情相悅，似乎頗為歡喜。時至今日，這個夜晚的情景仍鮮活地留在我的回憶裡。我很幸福，真的很幸福。在吾人可憐的一生，如此時刻能有幾何？

第二天，家僕向父親報告，一干農民來到東家大院，登門請罪。父親出到門階看他們。這些莊稼人一見父親出來，便撲通跪地。

「怎麼啦，你們這些糊塗蟲，」父親對他們說道，「你們怎會想要造反呢？」

「東家呀，都是我們不對。」眾口同聲地回答。

「就是了，你們是不對。你們這樣胡鬧一陣，自己也沒什麼好得意。我很高興，上帝讓我跟兒子彼得重逢，就原諒你們吧。嗯，行了，寶劍不砍認錯的腦袋。你們不對！當然是不對。呵，上帝給我們這麼好的天氣，也該是收割稻草的時候了；可是你們這些呆子整整三天都在幹什麼？村長！分派下去，讓每個人都去割草。給我看著點，你這紅髮的老滑頭，要把稻草在伊里亞節前給我垛垛成堆。去吧！」

莊稼人行個禮，便到田裡幹活去了，就像什麼事都不曾發生。

施瓦布林的傷口還不至於要命。他被人押送喀山。我從窗口看到他被押上馬車。我們一度四目相會，他低下頭去，我趕快離開窗邊。我不願讓人覺得，我是在慶賀敵人落難與受辱。

格里尼約夫必須出發往前。我決定追隨他而去，雖然很想和家人多待幾天。出發前夕，我去見爹娘，並按當時習俗，跪在他們跟前鞠躬，請求他們能祝福我和瑪莎小姐的婚事。老人家把我扶起，高興得掉淚，並滿口表示應允。我把瑪莎小姐帶到父母面前，她是滿臉發白，渾身顫抖。我們受到爹娘的祝福……至於我當時心情如何，就不再細表。任何人經歷過我的處境，不用我說，自然明白；至於那些沒有經歷過的人，我只能表示遺憾，並且奉勸他們，趁著時機未晚，好好戀愛，並取得父母的祝福。

翌日，部隊集合，格里尼約夫道別我的家人。我們都相信，戰事很快就要結束；我可望於一個月後就成為新郎官。瑪莎小姐與我道別，並當眾親吻了我。我跨上馬背。薩維里奇再次隨我同行——於是部隊出發了。

我久久地遙望著村莊的老家，我再度離家。忽覺一種陰鬱的預感，讓我忐忑不安。似乎有人在我耳邊細語，我的劫難並未就此結束。我內心嗅到一場新的風暴。

我無意描寫我們這次的出征以及對普加喬夫戰爭的結局。我們路過一些飽受普加喬夫蹂躪的村莊，又不得不從窮苦百姓手中搶走亂匪給他們留下的東西。

百姓不知該聽誰的。到處處於無政府狀態。地主紛紛躲進森林。亂匪四下橫行。當時普加喬夫的人馬已向阿斯特拉罕[3]流竄，政府派出部隊分頭追擊，抓到的不分有罪沒罪通通嚴懲，全憑各部隊長官專斷獨行……整個邊陲地區烽煙四起，景象淒慘。俄羅斯這種暴亂既毫無意義，又殘酷無情，願上帝不會讓人們再見到。有人圖謀我們國家的改朝換代，那是異想天開，

3 阿斯特拉罕（Астрахань），接近裏海的城市，位於伏爾加河三角洲頂端。

他們不是太天真，不了解我們的黎民百姓，就是天性凶殘，把別人的腦袋和自己的脖子都不當一文錢。

普加喬夫在米赫爾森一路追擊下，四處流竄。沒多久，我們聽說，普加喬夫的人馬遭徹底殲滅。最後，格里尼約夫接獲將軍通知，這位假皇帝已經逮捕歸案，同時我們部隊也奉令停止追擊。終於，我可以回家了。我雀躍不已，不過，一種奇特的感覺又讓我的喜悅蒙上一層陰影。

附 錄

219

附 錄

關於《上尉的女兒》

宋雲森

小說背景

普希金生活於一個俄羅斯民族意識覺醒的時代，因此他對歷史題材一直有著強烈的興趣。他除完成歷史著作《普加喬夫史》（一八三四）外，更從事多部歷史性文學作品的創作，如長詩《帕爾塔瓦》（一八二九）、《青銅騎士》（一八三三）等，還有悲劇《鮑里斯·戈都諾夫》（一八二五）、小說《彼得大帝的黑小孩》（未完成，一八二八）、《羅斯拉夫列夫》（一八三一）、《上尉的女兒》（一八三六）等。

其中，長篇小說《上尉的女兒》在普希金的歷史小說中佔據最重要的地位。本部作品以俄國歷史上著名的「普加喬夫起義」（восстание Пугачёва, 1773–1775）為背景。「普加喬夫起義」有人稱為「普加喬夫之亂」（Пугачёвщина），究竟是起義還是作亂，具有爭議性，全憑個人史觀而定，或者有人乾脆採取中性的字眼——「普加喬夫之運動」（движение Пугачёва）。本小說第六章章名普希金採用「普加喬夫之亂」（本譯作基於章名字數的工整，譯為「偽帝之亂」），讀者不可因此貿然認定普希金對普加喬夫的歷史定位採取否定立場。不可不知，普希金的作品必須通過當局嚴格的文字檢查才得出版。

在沙皇政府眼中，普加喬夫冒用沙皇彼得三世名號，糾集大批農民、哥薩克人，以及少數民族，武裝造反，企圖推翻朝廷，當然是作亂。普希金不得不與當局妥協，採用「普加喬夫之亂」一詞，甚至小說中不斷以賊人、亂匪、強盜等指稱普加喬夫及其部隊。當然，普希金也藉此反映當時俄國貴族階層對農民階層的隔閡與誤解。在作品中，普希金盡量將普加喬夫客觀呈現，讓讀者看到正反兩面的普加喬夫。甚至，讀者可感覺到，普希金在字裡行間，對這位殺人如麻的屠夫，也是農民起義的英雄，同情與欣賞似乎多過批判與譴責。

《上尉的女兒》雖較《普加喬夫史》晚兩年出版，但兩部作品幾乎同時進行寫作。普希金為了這兩部作品，曾閱讀大量檔案與史料，並親赴奧倫堡省等普加喬夫當年起事地點，訪談事件目擊者，並搜集有關普加喬夫的民歌。普希金在《普加喬夫史》中，對十八世紀下半葉席捲俄國廣大地區的農民運動做具體描述，著重史料之考證；《上尉的女兒》則是通過小說主角與普加喬夫的交往，側面反映以普加喬夫為首的農民運動，並強調人物形象的塑造，以及藝術感染力的傳達。

《上尉的女兒》的主要情節由兩條線索交叉進行：一是主角彼得．格里尼約夫與瑪莎小姐的愛情故事；二為普加喬夫的性格與活動。格里尼約夫與普加喬夫奇妙的遇合與關係，成為兩條故事線索的交叉點。讀者也透過格里尼約夫的眼睛看到鮮活生動的普加喬夫。

小說人物

本篇小說的目的是描寫普加喬夫及其所領導的農民叛亂，但普希金卻不以普加喬夫作為本書主人翁，而另外創造貴族子弟——彼得．格里尼約夫作為故事主角。小說透過彼得的親身經歷與見證，側面描繪普加喬夫這位農民運動的英雄。

本書除描繪普加喬夫外，也描寫十六歲少年彼得如何離家從軍，結識心上人瑪莎小姐，經歷與普加喬夫的離奇際遇與交往，並投身戰場，身陷囹圄，最後，一個少不更事的少年（例如：打撞球賭錢輸掉一百盧布、受不了冷嘲熱諷即與施瓦布林決鬥等），終於成長為正直、勇敢、具高度榮譽感的成熟青年（例如：為保衛國家英勇作戰、為拯救孤女與父母奮不顧身等）。一個青少年如何蛻變為成熟、獨立的青年，脫離父母監護，尤其是父親的管教，是一個重要階段。小說第一章裡，主角自述：「我要展翅高飛，我要證明，我已經不是個小孩」，可視為彼得追求獨立自主的宣言。

小說中，除了主人翁的父親——安得烈．格里尼約夫是彼得理所當然的監護人之外，普希金巧妙地安排老僕薩維里奇與普加喬夫也扮演起象徵性的父親角色。薩維里奇雖是下人，但在主人翁從軍的過程，不但照顧彼得生活起居，甚至處處對彼得說教，也多次解救彼得於危險之中。小說一開始，彼得以為要赴彼得堡投身禁衛軍，可以脫離父親管教，在首善之都過著逍遙自在的日子，彼得是雀躍不已。接著，事與願違，彼得奉父命前往遙遠邊區從軍，而身邊又跟著近似父親角色的薩維里奇。彼得為證明自己的獨立自主與長大成人，於是處處與薩維里奇唱反調。

至於普加喬夫，他兩次赦免彼得性命，更幾次幫助彼得，尤其協助彼得從施瓦布林魔掌中解救出心上人瑪莎小姐。小說第二章中，彼得夢到，母親指認一個黑鬍子莊稼漢是彼得的「父親代理人」（посажёный отец），而這「父親代理人」也熱情地要為彼得祝福。彼得第一次與普加喬夫相遇，隨即做了這個夢。此外，普加喬夫也是一臉黑鬍子。因此，我們可推論，主人翁夢中出現的「父親代理人」暗示的正是普加喬夫。隨著故事的發展，這位「父親代理人」也確實應驗在日後的普加喬夫身上。正如彼得所言，「這個夢預示著日後諸多事情。」

所謂「父親代理人」就是在俄國傳統婚禮中，代替新郎或新娘父親主婚的年長男子。在彼得父親反對彼得婚事的時候，普加喬夫不但在瑪莎被施瓦布林逼婚的危急時刻，幫助彼得搶救瑪莎，還提議彼得隨即與瑪莎結婚，並由普加喬夫自己擔任主婚人。這段情節與彼得夢境完全吻合。此外，在彼得的夢裡，這位「父親代理人」手中揮舞斧頭，此時屋裡滿地死屍與血泊，反映在日後的情節是普加喬夫率領農民與哥薩克人武裝造反，攻城掠地，擊殺政府軍，或對官兵處以絞刑。至於夢中彼得轉身欲逃，滿心驚恐與困惑，則象徵彼得以及彼得所代表的貴族階層對普加喬夫率領的農民運動不以為然，甚至是恐懼與不解。

普加喬夫雖然不是小說主角，卻是普希金精心刻畫的最主要目標。在作者筆下，他是殘殺官兵的暴軍領袖，也是沉著、聰明、冷靜的人物，更是知恩圖報、平易近人、深受民眾愛戴的領袖。小說第八章裡，普加喬夫與眾弟兄高唱「縴夫之歌」，表示即使面對沙皇的審判與死刑威脅，他們仍將英勇奮戰到底，透露出他們豪邁與悲壯的情懷；第十一章裡，普加喬夫敘述「老鷹與烏鴉」的寓言，指出與其當吃腐屍活三百年的烏鴉，倒不如作痛痛快快喝一回鮮血的老鷹，表現出普加喬夫高遠的志向；第十四章提到，普加喬夫在上斷頭台之時，在人群中認出彼得，還能從容地向彼得點頭示意。小說裡普加喬夫悲劇英雄的形象躍然紙上，讓讀者難以忘懷。

至於小說女主角瑪莎小姐，論及才貌與家世，她與普希金小說中的很多女主角相比，似乎平凡無奇。塔琪雅娜（《奧涅金》）出身貴族，美麗、優雅，飽讀詩書；瑪麗亞（〈暴風雪〉）美麗多金，身邊眾多追求者；麗莎（〈小姐與村姑〉）貴族出身，長得黑裡透俏，機智百出；即使是出身下階層的杜尼婭（〈驛站長〉），卻也美得讓人震懾，而且聰明能幹。站在這些光彩奪目的女性之前，瑪莎小姐顯得黯然失色（與她不相上下的可能只有《黑桃皇后》裡的麗莎）。不過，瑪莎小姐卻具有普希金筆下諸多女主角的共同特質：質樸、善良、堅毅，以及對婚姻的忠貞。

瑪莎小姐的父親庶人出身，行伍一生僅落得官拜上尉，家中資產寒微。女主角母親瓦西麗莎．葉戈羅芙娜提到瑪莎時曾說：「大姑娘一個，也該找個婆家，可她哪來的嫁妝？細梳子一把，掃帚一枝，銅板三戈比……」彼得第一次見到瑪沙時的印象是：「圓圓的臉蛋，紅潤的面色，淡褐色頭髮梳得整整齊齊，梳到羞得發燙的耳後。第一眼，我並不怎麼喜歡她……」。雖然這時的彼得對瑪莎小姐印象不佳，主要是因為施瓦布林的讒言，不過，我們大概可認定，出身貴族的彼得要不是因緣際會來到這偏僻要塞，難得一見年輕女子，他應該不會為了瑪莎與施瓦布林刀劍相向，也不會終於與瑪莎結為伴侶。

在小說中大多時候，瑪莎小姐除了照顧傷重的彼得外，並無讓人亮眼的表現。豈知遲至小說最後一章，她竟然來個驚天動地之舉，隻身奔走彼得堡，面見女皇，並成功說服女皇，從斷頭台上搶救彼得一命。她能與女皇相見，表面上是不期而遇，其實是她發揮堅毅與機智，精心策劃的結果。普希金筆下的女主角大都不凡，瑪莎小姐也不例外。

葉卡捷琳娜女皇在普希金筆下，為彼得洗雪冤屈，慈愛寬容，頗有民間故事或童話故事中「偉大母親」的形象。不過，普希金這種「皇上聖明」、「皇恩浩蕩」的戲碼，頗受社會主義文學批評家的批判。其實，面對嚴峻的政治氣氛與嚴厲的文字檢查，普希金是情有可原。更何況，根據普希金收集的史料，葉卡捷琳娜二世確實對普加喬夫叛亂涉案者有過特赦的案例。

本篇小說情節一波三折，高潮迭起，讓讀者忽而好奇，忽而錯愕；忽而緊張，忽而莞爾；忽而憂心，忽而喜悅。何以故事能如此扣人心弦，我們不得不注意作者經營情節的幾項技巧：「預期與意外輪替、悲劇與喜劇穿插、浪漫與寫實對比」，其實，這三項技巧表現在情節中，並非個別獨立，而是相輔相成，彼此滲透。

普希金不斷利用文字，創造情節，讓小說人物與讀者產生某種預期心理，事情發展結果卻又出人意外，讓人讀之一下好奇，一下錯愕，欲罷不能。例如：故事一開始，主人翁以為會到彼得堡加入禁衛軍，大為興奮，卻被父親送到遙遠的邊疆下部隊，讓他大失所望；在客棧裡不期而遇的驃騎兵上尉祖林口口聲聲要教導彼得一些軍中的必修課，結果不但用酒把彼得灌得爛醉如泥，還假借打撞球，騙走彼得一百盧布；赴白山要塞之初，彼得想像要塞司令米羅諾夫上尉是「嚴厲、易怒的老頭，除了軍務，其他一概不知」，來到當地才發現，要塞裡真正當家作主的是司令夫人瓦西麗莎·葉戈羅芙娜，包括很多軍務她都一手包攬；彼得原來以為流落邊疆的生活會是寂寞無趣，這時哪裡想到，原來「白山要塞的生活豈止是過得去，簡直是快活得很」；米羅諾夫上尉最初宣稱，亂匪「要是敢貿然動手，那我會狠狠懲戒他們一番，讓他們十年乖乖的」，豈知普加喬夫大軍真的來犯，白山要塞竟不堪一擊；兩軍交戰之前，白山要塞士兵齊聲大呼，表示效忠，哪知戰爭才一開打，士兵都已卸甲投降。類似這種預期與意外的情節在小說中俯拾皆是。

另外，小說雖以喜劇收場，其實小說情節中是悲劇與喜劇模式相互穿插。那何謂悲劇？何謂喜劇？根據二十世紀著名文化學者弗萊的理論（Northrop Frye, Anatomy of Criticism: Four Essays），區分悲劇與喜劇最簡單的方法是：主角孤立於他所處的社會是為悲劇，主角融合於他所處的社會則為喜劇。這個社會可能是國家、社會，也可能是家庭、團體，甚至是人世。此外，弗萊以此方法檢視主角，我們卻可運用於所有重要角色，因為何謂悲劇與喜劇，常常視不同人物立場而定。

由此觀之，本小說中的悲劇情節包括孤立於人世之外，如：米羅諾夫上尉與伊凡·伊格納季奇中尉被處死於絞刑台，上尉夫人慘死門庭之前，普加喬夫遭斬首示眾，彼得被判處死刑等；孤立於社會，如：瑪莎小姐被施瓦布林監禁，彼得飽受牢獄之災，彼得的行為被視為叛國，彼得父母被叛亂農民監禁等；孤立於家庭與團體，如：瑪莎小姐父母雙亡，彼得賭錢遭老僕薩維里奇責怪，彼得參與決鬥受到父親、部隊上司與同僚譴責，彼得與瑪莎小姐結婚的心願遭父親否決等。

喜劇情節包括融合於人世，如：彼得兩次面臨絞刑受到普加喬夫赦免，彼得死罪獲女皇無罪釋放，彼得決鬥重傷昏迷後恢復健康等；融合於社會，如：瑪莎小姐脫離施瓦布林魔掌，女皇恢復彼得名譽，彼得父母從監禁中脫困等；融合於家庭，如：彼得與瑪莎小姐交往受到女方父母贊同，彼得最後獲父親認同並與瑪莎有情人終成眷屬等。

此外，普希金處處以嘲弄的口吻描述故事情節，更讓小說增添喜劇色彩，例如：白山要塞當家作主的竟然不是司令，而是司令太太；司令太太要司令停止操兵，理由竟是「菜湯要涼了」，以及司令「也訓練不出什麼花樣」；司令竟拿要塞裡唯一的大砲開轟，以慶祝太太命名日；兩年來大砲不用，原因是司令怕砲聲震天，嚇壞女兒瑪莎；大砲砲管平常竟然塞滿「碎布片、小石子、細木條、動物蹠骨、各類垃圾，這些都是孩子們塞進去的」；伊凡·伊格納季奇中尉平日在要塞最重要的任務好像是站著用兩手把毛線撐開，好讓司令夫人編織毛線等。這些片段讓人讀之，不禁莞爾。

至於浪漫與寫實對比方面，普加喬夫是浪漫人物的寫照，主人翁彼得則體現寫實主義的特質。普加喬夫在小說中第一次出場即表現不凡。他憑藉沉著冷靜、過人機智與敏銳嗅覺，帶領主人翁馬車脫離風雪漫天的荒原。彼得對他的印象是，此人雖「只穿這一件破褂子」，卻是「儀表不凡……靈活的大眼睛不住轉動」，或者「有兩隻炯炯發亮的眼睛」。之後，普加喬夫自比老鷹，率領叛亂農民攻城掠地，所向披靡，所到之處人民歡呼擁戴，即使最後兵敗被俘，也是從容不迫步向斷頭台。

相較於普加喬夫非池中之物的浪漫色彩，彼得則是跌落凡塵的寫實人物。雖然彼得也具有浪漫的騎士情懷，以及視死如歸的豪氣，但他的能耐在在證明他其實是不折不扣的凡夫俗子。他因施瓦布林譏笑瑪莎小姐，便要求與施瓦布林決鬥，準備把施瓦布林「碎屍萬斷」，豈知在決鬥中竟被施瓦布林一劍穿胸；戰爭前夕，彼得心想「……用劍捍衛自己的心上人……想像自己是她的救美英雄……並迫不及待決戰時刻的到來」，結果是兩軍才一交戰，他便被人推倒在地，轉眼間就成為敵軍階下之囚；他要重返白山要塞解救心上人，竟然還未抵達要塞就被敵人俘虜。不過，普希金正是要藉由他這雙凡人的眼睛，見證農民運動的事蹟與亂世英雄（或梟雄）普加喬夫的真實性。

譯 者 後 記

譯 者 後 記

國家圖書館出版品預行編目(CIP)資料

普希金小說集 / 普希金著 ; 宋雲森譯 . -- 初版 . -- 新竹市 : 啟明 , 民 105.05

冊 ; 公分

ISBN 978-986-88560-7-3(全套 : 平裝)

880.57　　105003903

普希金小說集

作者　普希金
譯者　宋雲森
編輯　許睿珊
校訂　吳岱蓉、聞翊均
發行人　林聖修

設計　Timonium lake
出版　啟明出版事業股份有限公司
地址　新竹市民族路 27 號 5 樓
電話　03-522-2463
傳真　03-522-2634
網站　http://www.cmp.tw
電子郵件　sh@cmp.tw

法律顧問　北辰著作權事務所
印刷　Printform

總經銷　紅螞蟻圖書有限公司
地址　台北市內湖區舊宗路二段 121 巷 19 號
電話　02-2795-3656
傳真　02-2795-4100

中華民國 105 年 5 月 2 日　初版
ISBN　978-986-88560-7-3
定價　700 元

А. С. ПУШКИН: ПОВЕСТИ И РОМАНЫ

КАПИТАНСКАЯ ДОЧКА

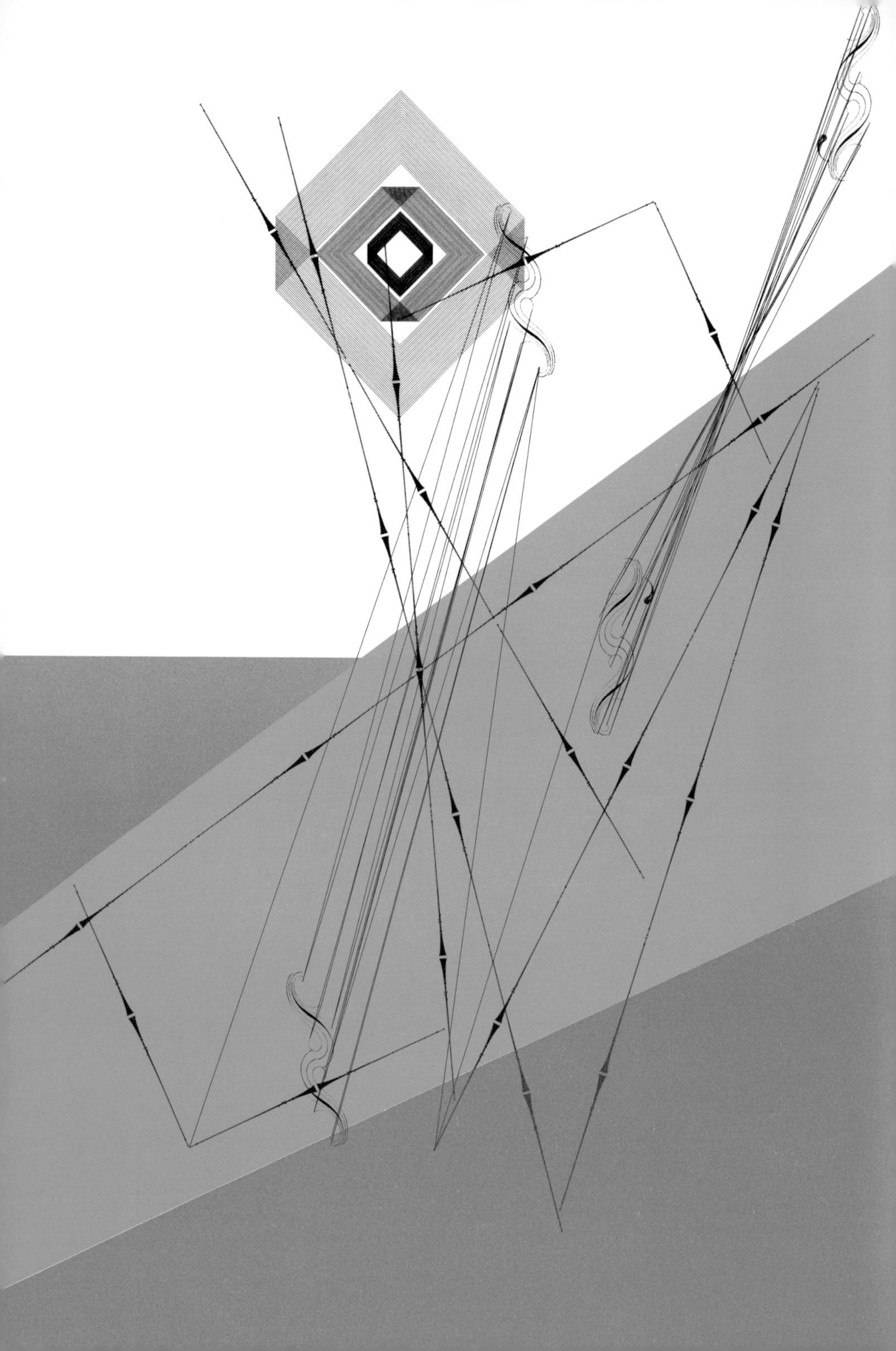